L E

THEATRE

M O R A L

D E L A

VIE HUMAINE.

LE
THEATRE
MORAL
DE LA
VIE HUMAINE,

REPRESENTÉE

En plus de cent Tableaux divers, tirez du Poëte

HORACE,

PAR LE SIEUR OTHO VENIUS;

ET EXPLIQUEZ

En autant de Diſcours Moraux par le Sieur de GOMBERVILLE,

AVEC LA TABLE DU

PHILOSOPHE CEBES.

HÂC ITER ELYSIUM NOBIS.
Virgil. 6. Æneid.

A BRUXELLES,
Chez FRANÇOIS FOPPENS, Marchand Libraire. 1678.

AU LECTEUR.

IL eſt impoſſible d'aimer les belles choſes, & ne pas aimer la Peinture. C'eſt le dernier effort de l'imagination & de l'art : C'eſt la ſœur de la Poëſie ; & la ſeconde rivale de la Nature : C'eſt l'accompliſſement des Temples & des Palais : C'eſt la plus belle & la plus innocente des erreurs de la veuë. C'eſt enfin, la plus douce de nos paſſions. Les plus fameuſes Republiques ont couronné les Peintres comme les Conquerans ; & fait graver leurs noms, dans le meſme bronze où elles conſervoient

* 3   ceux

ceux de leurs *Magiſtrats* & de leurs *Capi-
taines. Elles en ont conſideré les chefs-d'œuvres , comme des témoignages illuſtres de
la grandeur de leur Domination ; & pour les
rendre venerables aux Peuples , elles les ont
fait entrer par une eſpece de conſecration , au
nombre des Divinitez de l'Eſtat. On a donné
des Batailles pour la conqueſte d'un Tableau.
On a ſauvé des Villes ennemies pour ſauver une
belle Peinture ; & pour me ſervir des paroles
du plus delicat eſprit de ſon ſiecle.*

Si numquam Venerem Coïs pinxiſſet
 Apelles,
 Merſa ſub æquoreis illa lateret aquis.

*Si les grands Peintres des Siecles paſſez euſ-
ſent adjouſté la paſſion d'inſtruire à celle
qu'ils avoient de plaire , & puizé dans la belle Philoſophie les ſujets de leurs ouvrages,
ils auroient eu leurs places entre les Socrates*

&

& les Zenons ; & l'on eut esté chercher dans
leurs Cabinets l'Utile aussi bien que le Delectable. Mais ils ont esté la pluspart des flatteurs
lâches & mercenaires, qui pour avoir du credit
dans la Cour des Tyrans, les ont presque tous
Deifiez, donnant tantost la foudre d'un Jupiter à un heureux Temeraire ; tantost l'espée
d'un Mars au plus lâche de tous les bourreaux ;
& tantost la massuë d'un Hercule, non à un dom-
pteur de Monstres, mais au plus horrible de tous
les Monstres mesmes. Ce fameux instituteur
de l'ordre le plus severe qui jamais a paru dans
le monde. Cét ennemy de la chair & du sang, Zenon dy-je, s'estant apperceu de la faute que je
reproche à presque tous les Peintres, voulut donner à un art si important, un plus glorieux & plus
legitime usage. C'est pourquoy, dés qu'il eut commencé de publier sa doctrine, & que la nouveau-
té d'une chose si difficile, luy eut acquis un grand
nombre de sectateurs ; il fit bastir cette superbe
Gale-

Galerie, dont tous les Anciens ont parlé, comme d'un des plus grands ornemens de la Ville d'Athenes. Ce ne fut toutesfois ny la richesse de la matiere, ny la beauté de la structure, qui firent passer cét edifice pour une des merveilles de la Grece. Le dehors veritablement estoit magnifique : mais c'estoit peu de chose à comparaison des raretez dont le dedans estoit enrichy. On montoit par un grand dégré de Porphyre & de Marbre, dans une Galerie, où les plus sçavans Peintres du temps avoient épuisé leur imagination, & fait leurs derniers efforts. La voûte comprennoit en huict grands Tableaux, tout ce que la Religion la plus épurée de ce siecle-là, enseignoit de la nature des Dieux. De chaque costé, l'on voyoit cent autres grands Tableaux, où comme dans des Cartes, estoit renfermée toute la severe Morale des Stoiques. C'estoit-là, que Zenon changeoit la nature de l'homme ; & que d'un miserable joüet du

Temps

Temps & de la Fortune ; il composoit un Heros
capable de disputer avec Jupiter mesme , de la
Gloire & de la felicité. Ce lieu Saint fut long-
temps regardé par les hommes , avec le mesme
respect qu'ils ont de coustume d'avoir pour les
Temples mesmes des Dieux. Mais la brutalité des Perses, & l'ambition des Romains, fai-
sans gloire de commettre des sacrileges ; & de
fouler aux pieds les choses les plus saintes , aprés
avoir renversé les Autels de la Grece, mirent
par terre la demeure sacrée de la Vertu Difficile ; je veux dire la superbe & sacrée Galerie de
Zenon. Quelques curieux se jetterent au travers de la flamme & du fer pour en sauver quelques Tableaux. Mais le Temps a selon sa coustume, achevé ce que le fer & le feu avoient commencé ; & les Autheurs mesmes qui nous ont
appris que cette sçavante Galerie s'appelloit la
Variée, ne nous ont laissé rien de particulier de
ce qui estoit representé dans les Tableaux dont

* *

elle eſtoit embellie. Or comme il arrive preſque
en toutes les choſes du monde, que le temps fait
revivre aprés de grandes revolutions, celles
qu'il avoit fait perir, il eſt advenu par quelque bien-heureuſe advanture, qu'un Voyageur
ſçavant & curieux, a rencontré des lames de
bronze gravées; & avec beaucoup de raiſon il
a crû que c'eſtoient les deſſeins des Tableaux où
Zenon avoit étallé toute la pompe & toute la
hauteur de ſon ame. Quoy qu'il en ſoit, ce curieux eſt loüable d'avoir renouvellé la memoire
d'une Galerie ſi delectable & ſi neceſſaire; &
voulant en imiter le premier Autheur, non
ſeulement il l'a fait belle, mais il l'a fait publique. Elle eſt ouverte à tous ceux que l'a-
mour de la Vertu appelle à la connoiſſance de
ſes myſteres. Puiſque vous avez cette belle
envie, & que vous m'avez choiſi pour voſtre
guide, je vous promets l'entrée de ce lieu
ſaint. Le voilà, qui comme ſenſible à voſtre
hon-

honneſte curioſité, ſe prepare à vous bien recevoir. Entrons y tous enſemble. Mais pour
en tirer le profit que nous en eſperons, entrons y tous entiers ; & ne laiſſons point nos
eſprits parmy les voluptez & les molleſſes,
pendant que nos yeux ſeront attachez ſur les
Tableaux, où elles ſont condamnées, comme
les plus mortelles ennemies de la veritable felicité.

SON-

SONNET.

SUperbe Gallerie , où du grave Stoïque
 Les aufteres Leçons touchent fi bien le
    fens,
Tu n'as point de Tableaux qui ne foient
    raviffans,
Et n'as point d'ornement qui ne foit mag-
    nifique.

   L'ame qui fe promene en ta belle fabrique,
Cede fans réfiftance à tes attraits puiffans,
Où la Philofophie en des tons fi preffans
Nous forme des Vertus un concert harmo-
    nique.

   Mais encore qu'HORACE ait illuftré
    fon nom,
En relevant icy l'ouvrage de Zenon
Que le foldat barbare avoit mis en pouffiere.

   Noftre Monarque à peine y verroit rien
    de beau,
N'eftoit que GOMBERVILLE avec tant de
    lumiere
A jetté de l'éclat deffus chaque Tableau.

            TRISTAN.

TABLE
DES DIVISES.

PREMIÈRE PARTIE.

TABLE

SECONDE PARTIE.

Le

DES DIVISES.

Fin de la Table.

OTHO VAENIVS BATAVO LVGDVNENSIS ÆTATIS LXXII

Artis suæ miraculo felix Pater,
Filia jam plenus acvo nascitur,
Victurus omni, Clarus atavis Battavis,
Pictor, Poëta, Philofophus, Caftrensium
Callens Mathematum, orbitâ. dij ingeni
Per alia vecue ferum, et inia etantinia,
Scientiarum doctâ vena VAENIVS.
F. vffium.

THEATRE MORAL

DE LA

VIE HUMAINE.

PREMIERE PARTIE.

EXPLICATION.

NOstre Peintre Philosophe jette en ce Tableau les fondemens de sa doctrine ; & nous ayant, par maniere de dire, remis dans le berceau, nous donne un nouveau sentiment des infirmitez de nostre enfance, & nous fait faire une seconde épreuve des foiblesses, avec lesquelles nous sommes venus au monde. Pour faire tomber sous nos sens des connoissances qui sont purement intellectuelles, il preste des corps à des choses qui n'en ont point ; & represente avec beaucoup d'art, cette puissance favorable & feconde que l'on appelle Nature. Il luy fait tenir comme par la main l'inclination vertueuse, qu'elle nous donne en nous donnant la vie ; & la presente à cette souveraine dispensatrice des Mœurs, par les soins de qui cette inclination doit estre soigneusement cultivée. La voyez-vous cette Nymphe si pleine de pudeur, & si simplement habillée. Elle fait à la Sagesse une bien naïve, mais bien loüable declaration de son impuissance ; & luy confesse qu'il luy manque beaucoup de choses pour la perfection de ses ouvrages. Elle la sollicite aussi d'exercer sa charité envers un sujet qui en est bien digne ; & de luy fournir cette nourriture solide & fortifiante, que toute bonne Mere qu'elle est, elle n'est pas capable de luy donner. La Deesse des Arts & des Sciences, comme elle est toute genereuse, se laisse toucher aux premieres sollicitations de la Nature. Elle se baisse pour relever de terre cette tendre production de son amie, & luy promet d'en avoir tout le soin qu'elle a coustume d'avoir de ceux qui luy laissent la conduite de leur vie. Considerez, je vous prie, combien ingenieusement nostre Peintre a figuré cette inclination vertueuse, avec laquelle nous naissons. Son visage pâle, ses mains jointes, son action suppliante, son habit déchiré, & ses armes inutiles, sont autant des témoins de sa foiblesse, de son ignorance, & de sa crainte. La Sagesse qui connoist bien que cette innocente infortunée est encore plus foible & plus impuissante qu'elle ne paroist, luy rasseure l'esprit, luy échauffe le cœur, luy inspire la force, luy apprend l'usage des armes que sa Mere luy a données ; & luy promet de ne la point abandonner, qu'elle ne l'ait renduë victorieuse des Monstres, qui de toutes parts s'assemblent pour la combattre.

NATURAM MINERVA PERFICIT.

Horat. lib. 4.
Od. 4.

> Sentite quid mens ritè, quid indoles
> Nutrita faustis sub penetralibus
> Possit.
> Doctrina nam vim promovet insitam,
> Rectique cultus pectora roborant.
> Utcumque defecere mores,
> Dedecorant benè nata culpæ.

L A

LA NATURE COMMENCE : LA NOURRITURE ACHEVE.

Ne te promets pas tout des soins de la Nature,
Il faut que ton travail accompagne le sien :
Le Champ le plus fertile a besoin de culture,
Et si le Laboureur ne l'ensemence bien,
Il n'y recueille rien.

A 2   EXPLI-

EXPLICATION.

Oicy un grand exemple de l'empire abſolu, avec lequel la Sageſſe regne ſur la Nature. Noſtre Philoſophe muët nous le figure avec tout ce que ſon Art a de beau, & pour nous le rendre plus ſenſible, il renouvelle ce ſpectacle inſtructif, qui fut autrefois repreſenté ſur le plus fameux Theatre de la Grece. Voyez-vous cét homme ſi plein de Majeſté, qui tient une Table de bronze, où ſont gravées des Loix qui ne ſont gueres moins dures que le metail meſme : C'eſt ce grand Lycurgus, qui par une politique plus qu'humaine, compoſa d'une Republique toute perduë de débauches & de luxe, une ſocieté de Heros & de Philoſophes. Cét excellent Perſonnage eſt encore aux premiers jours de ſon adminiſtration; & les Lacedemoniens apprennent encore les premiers rudiments de cette haute Vertu, dont il veut les rendre capables. Auſſi les traitte-t'il comme des nouveaux Eſcoliers, & pour parler ainſi, comme des Cathecumenes de ſa ſevere Philoſophie. Non ſeulement il leur enſeigne que la Nature ne fait que l'exterieur de l'homme, & que l'Education eſtant veritablement celle qui luy donne l'ame, la connoiſſance & la vie acheve ce que la Nature a commencé; mais il veut auſſi leur faire comprendre que l'Inſtruction peut reformer les deſordres de la naiſſance, & forcer imperieuſement les mouvements & les inclinations qu'elle donne. Pour le leur faire avoüer à eux-meſmes, & les convaincre par leur propre connoiſſance, il fait lâcher devant eux un Maſtin qu'il avoit dreſſé pour la chaſſe du Lievre; & un Levron dont il avoit corrompu la generoſité naturelle, en le tenant enfermé dans une Cuiſine. L'un & l'autre voyant leur proye, y courent avec la meſme impetuoſité. Voilà le Maſtin aprés un Lievre qui paroiſt, & le Levrier aprés la ſouppe qu'on luy jette. Vous remarquez bien aux poſtures & aux admirations dont le Peintre anime ſes figures, quel eſt le ſentiment de toute cette multitude eſtonnée. Il me ſemble meſme, tant le Peintre me trompe agreablement, que j'entends parler Lycurgus, & que s'adreſſant à ce Peuple : Seigneurs Lacedemoniens, (leur dit-il) vous voyez de vos propres yeux la confirmation des Veritez que je vous ay ſouvent annoncées. Ces deux Chiens ſont d'une nature toute contraire à ce qu'ils viennent de faire. Cependant par la neceſſité de cette obeïſſance aveugle, que la Nourriture exige des naturels les plus rebelles & les plus indomptables, ils ont eſté forcez d'oublier leurs propres paſſions, pour ſe reveſtir de celles qui leur ſont directement oppoſées. Cela eſtant, jugez vous-meſme combien la Nourriture eſt puiſſante; & ce qu'elle doit obtenir ſur des Animaux raiſonnables, puiſqu'elle cauſe de ſi grands changemens en ceux qui ne le ſont pas.

EDUCATIO MORES FACIT.

Virgil. 1.	*Adeo à teneris aſſueſcere multum eſt.*
	—— *Nihil aſſuetudine majus*
Ovid.	*Quod malè fers, aſſueſce, feres benè, multa vetuſtas*
	Lenit.

LA NOURRITURE SURMONTE LA NATURE.

Quiconque a des Enfans au Vice abandonnez,
N'a point d'excuses legitimes :
Car sous quelque ascendant que ces Monstres soient nez,
Sa seule nonchalance a causé tous leurs crimes.

A 3   EXPLI-

EXPLICATION.

E Peintre nous ayant fait voir un grand exemple
de la puiſſance de l'Education, & combien ſoigneuſement il faut que dés l'enfance nous ſoyons
retirez du commerce des Vices, & nettoyez de
toutes les ſoüilleures, que nous apportons du
ventre de noſtre Mere, nous repreſente cette excellente Inſtitution, & les ſollicitudes dont elle
doit eſtre accompagnée par une comparaiſon qu'il
emprunte du judicieux Horace. Il compare nos
eſprits aux vaſes, qui retiennent preſque tous-
jours l'odeur, ſoit bonne, ſoit mauvaiſe, des premieres liqueurs dont ils
ont eſté remplis. Mais d'autant qu'il a deſſein de rendre nos yeux les premiers Juges de ſes penſées, il nous figure une menagerie, dans laquelle pluſieurs femmes ſont occupées à nettoyer les vaiſſeaux, dont elles ſe ſervent
pour conſerver leurs plus cheres liqueurs. Regardez cette jeune fille qui
verſe de l'eau dedans une vaiſſelle de terre encore qu'elle n'ait jamais ſervy.
Elle vous enſeigne que c'eſt ainſi qu'il faut nettoyer nos ames du mauvais
gout qu'elles peuvent avoir receu, ou de la corruption du ſang, ou de celle
de la nourriture. Le Peintre fait luy-meſme l'explication de ſa figure par un
Tableau, qu'il a induſtrieuſement placé contre la muraille de cette meſme
menagerie. Nous y voyons pluſieurs enfans, qui ſous la conduite & la ver-
ge d'un Maiſtre ſage & ſçavant, reçoivent peu à peu, comme une terre
toute neuve, les gouttes de cette roſée ſpirituelle & feconde, qui fait germer dans les eſprits les ſemences des Vertus & des Sciences.

VIS INSTITUTIONIS.

Horat. lib. 1,
Epiſt. 2.

*Quo ſemel eſt imbuta recens, ſervabit odorem
Teſta diu.*

LA NOURRITURE PEUT TOUT.

Succe avec le Laict ce noble sentiment,
Que l'amour des Vertus donne aux Ames bien nées ;
Nos cœurs sont des Vaisseaux qui gardent constanment
Les premieres odeurs que l'on leur a données.

EXPLI.

EXPLICATION.

Ous les Hommes, ou n'ont pas esté bien in-
struits, ou n'ont pas tousjours conservé la pureté de leur premiere institution. C'est pourquoy
nostre Peintre estalle cette seconde comparaison,
pour apprendre à ses Escoliers avec quelle prepa-
ration il faut s'approcher de la Vertu. Il les conseille de purifier leurs ames des souïllures qu'elles
ont contractées dans la compagnie des Vices ; &
par une abnegation volontaire des privileges de
la Nature corrompuë, determiner leur volonté
à faire tousjours de bonnes actions. Pour donner plus d'evidence & plus de
force à ses sentimens, il nous represente plusieurs bons Ménagers, qui sont
descendus dans leur Cave, pour connoistre eux-mesmes si les vaisseaux, dont
elle est pleine, n'ont rien qui puisse gaster ce qu'ils veulent mettre dedans.
Considerez bien ses sages Oeconomes. Ils vous diront que c'est bien vainement que le Ciel nous envoye ses graces avec profusion, puisqu'elles sont
ordinairement gastées par l'impureté des vaisseaux où elles sont reçeuës. Ce
bon Vieillard qui semble avoir esté constitué juge de la qualité des vases
qu'on veut emplir, parle hautement à tous les Peres, & leur enjoint par
son action bien mieux qu'il ne feroit par beaucoup de paroles, de ne commettre l'instruction de leurs enfans, qu'à des personnes qui par leur longue
experience, & par leur probité consommée, peuvent rendre à ces jeunes
Ames cette innocence originaire, que le premier peché leur osta longtemps
auparavant qu'elles fussent formées.

ANIMUS PURGANDUS.

Horat. lib. 1.
Epist. 2.

Sincerum est nisi vas, quodcumque infundis, acescit.

Lib. 3.
Od. 24.

Eradenda Cupidinis
 Pravi sunt elementa : & tenera nimis
Mentes asperioribus
 Formanda studiis.

Val. Max.
Lib. 9. cap. 1.

Cum renunciatur viciis, statim adsciscitur virtus ; nam egressus
 vitiorum, virtutis operatur ingressum.

LA VERTU PRESUPPOSE LA PURETE' DE L'AME.

Reformons noſtre Vie ; épurons nos penſées ;
Afin que les Vertus ſe plaiſent dans nos cœurs ;
Ces eſſences du Ciel, comme d'autres Liqueurs,
Prennent le gouſt du Vaſe où l'on les a verſées.

EXPLI-

EXPLICATION.

 Ous venons d'apprendre combien nous fommes foibles, combien nous fommes imparfaits, & combien facilement nous nous laiffons emporter à la corruption de noftre nature. Mais auffi nous avons vû qu'il ne nous eft pas impoffible de furmonter les infirmitez de noftre naiffance ; & que fi nous avons affez de cœur pour nous fortifier contre noftre foibleffe, nous parviendrons infailliblement au fommet de cette montagne fi penible, mais fi defirable, d'où la Vertu nous porte dans le Ciel. Voyons maintenant par quel chemin, & par quelles difficultez nous y devons arriver. Si nous confiderons bien ce Tableau, nous y découvrirons le fecret le plus important dont nous ayons befoin pour commencer ce fameux voyage, & nous y apprendrons non feulement à tirer avantage de noftre mifere, mais auffi à remporter par des retraites magnanimes, & par des ftratagémes glorieux, une victoire que tout noftre courage ne fçauroit nous faire obtenir. Remarquez bien cette Trouppe audacieufe, infolente & temeraire, qui en mefme temps nous cajolle, & nous menace. Elle fe promet d'autant plus aifément de nous vaincre, qu'elle eft bien affeurée que les armes qu'elle porte, font de ces armes enchantées qui ne fçauroient fi peu nous toucher, qu'elles ne nous mettent hors de deffence. Vous voyez auffi que cette prudente Conductrice que la nature nous a donnée, ne nous permet pas d'attendre de fi dangereux ennemis. Elle commande à noftre jeune & audacieufe inclination de fe contenter d'avoir vû la contenance de ces cruels adverfaires, & de peur qu'ils ne l'engagent au combat, elle la fait marcher à grands pas, & luy declare que par une fuitte judicieufe elle obtiendra des Couronnes, qu'elle ne doit pas efperer d'une longue & opiniâtre refiftance. Cette douce & difciplinable Efcoliere fe conforme d'abord aux fentimens de fa Maiftreffe. Elle marche à fon cofté, de peur d'eftre furprife ; & méprifant également les reproches artificieufes, & les frauduleufes follicitations, dont fes ennemis effayent d'empecher fa retraitte, elle détruit par un regard dedaigneux, tous leurs charmes & toute leur puiffance ; & leur retranche pour jamais l'efpoir de la mettre au nombre de leurs Efclaves.

VITIUM FUGERE VIRTUS EST.

Hor. lib. 1.
Epift. 1.   *Virtus eft, Vitium fugere : & Sapientia prima,*
              Stultitiâ caruiffe.

Cicero.   *Si fummoperè Sapientia petenda eft , fummoperè Stultitia fugienda*
              & vitanda eft.

FUIR

FUIR LE VICE C'EST SUIVRE LA VERTU.

Si tu veux triompher du Vice
Qui combat jour & nuit pour te vaincre le cœur,
Fuy, mais comme le Parthe ; & pour eſtre vainqueur,
Uſe tantoſt de force , & tantoſt d'artifice.

B 2   EXPLI-

EXPLICATION.

A Sageffe ayant inftruit au Tableau precedent noftre jeune inclination, s'eft refoluë de la quitter quelque temps, pour connoiftre ce qu'elle eft capable d'entreprendre toute feule. Mais à peine cette audacieufe fe voit elle abandonnée du puiffant fecours de fa Conduétrice, que le courage luy manque. Le moindre de fes ennemis l'eftonne. Elle tremble. Elle fuit. Elle fe cache ; & croyant faire beaucoup de fe dérober à la violence du Monftre qui la pourfuit, elle s'enfevelit toute vive dans l'obfcurité, où cette Peinture la reprefente. Admirez, comme moy, l'induftrie dont noftre Péintre s'eft fervy, pour nous figurer cette inclination vertueufe, mais tremblante, mais oyfive, mais épouvantée. Son vifage eft bouffy. Sa tefte eft pefante. Ses yeux tout ouverts qu'ils font, ne peuvent diftinguer les objeéts. Ses armes luy tombent prefques des mains ; & bref faute d'action, elle paroift fi debile & fi mal animée, qu'à peine fe peut elle foûtenir fur fon fiege. Le Peintre auroit bien voulu nous dire que cette lâche qui apprehende toutes chofes, ufurpe avec injuftice, le nom & la reffemblance de la Vertu ; mais fçachant que fa foibleffe & fa crainte ne doivent exercer fur elle qu'une courte tyrannie, il luy laiffe les marques & le nom de la Vertu, & les luy laiffe avec beaucoup d'addreffe. Car il la place de telle forte qu'il n'y a qu'une tres-eftroitte feparation entre elle & la Faineantife mefme, afin que par la comparaifon de l'une & de l'autre, les moins clairs-voyans connoiffent qu'elles ne font prefque point differentes. En effet nous n'y remarquons rien de diffemblable, finon que la premiere qui n'eft pas encore tout à fait lethargique, fe foûtient un peu fur le refte de fes forces ; & l'autre qui eft enfevelie toute entiere dans fon ordure, & dans fon infenfibilité, femble dire par fon filence criminel, qu'elle fe réjoüit en fon mal-heur, & que c'eft avec volupté, qu'elle renonce à cette vie toute glorieufe, & toute divine, que nos ames reçoivent de l'action.

VIRTUS IN ACTIONE CONSISTIT.

Hor. lib. 4. Od. 9.	*Paulùm fepultæ diftat inertiæ.* *Celata Virtus.*
Claudian.	*Major & utilior faéto conjunéta potenti* *Vile latens Virtus. Quid enim fubmerfa tenebris* *Proderit? obfcuro veluti fine remige puppis,* *Vel lyra quæ reticet, vel qui non tenditur arcus.*

L A

LA VERTU PRESUPPOSE L'ACTION.

Il faut agir inceſſamment,
Et tenir l'Ame en exercice :
Car par l'Action ſeulement
La Vertu differe du Vice.

　　　　EXPLI.

EXPLICATION.

NOSTRE inclination eſt enfin ſortie de ſes tenebres, & de ſa ſolitude ; mais elle eſt bien en peine
du chemin qu'elle doit prendre pour ne ſe pas égarer. Elle trouve d'abord de grands obſtacles ; &
ces grands obſtacles l'ont d'abord arreſtée. C'eſt
ce que le Peintre nous repreſente en ce Tableau.
Le deſſein eſt tiré de la penſée d'Horace, qui pour
exprimer la naturelle faineantiſe de quelques eſprits groſſiers, impute à un pauvre homme des
Champs, une ſtupidité qui n'eſt pas vray-ſem-
blable. Nous voyons par ſon art, auſſi bien que par celuy du Poëte Stoïque, un Payſan que la neceſſité ayant chaſſé de chez luy pour gaigner ſon
pain à la ſueur de ſon corps, rencontre un Fleuve en ſon chemin. Mais au
lieu de le paſſer à nage, ou à gué, il le conſidere attentivement appuyé ſur
ſa bêche ; & bien que la faim le ſollicite, il eſt neanmoins ſi timide qu'il
attend pour achever ſon voyage, ou que le Fleuve remonte vers ſa ſource,
ou qu'il ceſſe de couler. Mais ſi ce n'eſtoit pas un ſtupide, l'exemple de
ſon voiſin luy donneroit le courage & l'addreſſe de vaincre cette difficulté.
Car jugeant qu'il ne peut ſans hazarder quelque choſe venir à bout de cét
empechement, il quitte hardiment le Rivage, & traverſe l'eau malgré toute ſon impetuoſité. Le Peintre auſſi pour faire voir, que ce commencement
emporte avec ſoy ſa recompenſe, a peint ce meſme homme dans un Lontain,
attelant ſes Bœufs à ſa Charuë, pour nous apprendre que les premieres difficultez eſtant ſurmontées, les autres ſe vainquent facilement ; & nous mé-
nent comme par la main à cét agreable repos, qui ne ſe peut acquerir que par
un honneſte travail.

INCIPIENDUM ALIQUANDO.

Horat. lib. 1.
Epiſt. 2.

> *Dimidium faſti qui cœpit habet ; ſapere aude.*
> *Incipe, vivendi qui reſtè prorogat horam,*
> *Ruſticus exſpeſtat dum defluat amnis, at ille*
> *Labitur, & labetur, in omne volubilis ævum.*

Auſon.

> *Incipe. Dimidium faſti eſt cœpiſſe : ſuperſit*
> *Dimidium : rurſum hoc incipe, & efficies.*

QUI NE COMMENCE JAMAIS, NE SCAUROIT RIEN ACHEVER.

Cours aprés les Travaux où la Vertu t'appelle :
Surmonte conſtamment toute difficulté.
Quand un Cœur genereux adore une Beauté,
Eſt-il quelque tourment qu'il ne ſouffre pour elle?

EXPLI-

EXPLICATION.

Es difficultez que nous avons craints font enfin heureufement furmontées. Noûs voicy dans la carriere. Nous commençons à courir, mais ce n'eft pas fans rencontrer de nouveaux obftacles. Nous fommes tous reprefentez en ce Tableau, fous la figure de ce Coureur. Vous voyez comme il eft attaqué de divers Ennemis. D'un cofté l'Amour & le Dieu des debauches difputent avec luy la victoire ; tantoft par la force de leurs follicitations, & tantoft par la puiflance de leurs voluptez. Mais ce fage nourriflon de Pallas, évitant par la fuitte les agreables furprifes de ces dangereux adverfaires ; & fe dérobant à leurs traits, auffi bien qu'à leurs charmes, femble nous dire que c'eft principalement contre des perfecuteurs fi doux & fi aimables, qu'il faut fe fervir des inftructions qu'il a receuës de fa fage Conductrice ; que la fuitte eft bien plus honnorable dans des femblables combats, que la refiftence ; & que le hazard qu'on y court, n'eftant que pour celuy qui veut difputer la victoire, il eft mefme dangereux de la remporter. De l'autre cofté il femble que toutes les injures du Ciel ayent confpiré pour la deffaite de noftre jeune Heros. Le froid, le chaud, le vent, la pluye, la grefle, le Soleil, enfin tous les obftacles qui peuvent empecher ou retarder fa courfe, femblent s'eftre mis d'accord pour le forcer de fe rendre. Mais luy qui témoigne que fa fuitte eft une preuve de la grandeur de fon courage, refifte fortement à tant d'ennemis ; & s'animant de dépit & de colere, deffie toutes leurs puiflances, marche plein de refolution & d'efperance ; & s'aflure de cueillir bientoft le fruit de tant de travaux qu'il a foufferts, & la recompenfe de tous les perils qu'il a courus.

CURRITE, UT COMPREHENDATIS.

Horat. de
Art. Poët.

Qui ftudet optatam curfu contingere metam,
Multa tulit, fecitque puer : fudavit & alfit :
Abftinuit Venere & vino. Qui Pythia cantat
Tibicen, didicit priùs, extimuitque Magiftrum.

Ovid. lib. 2.
de Arte.

Dum vires annique finunt, tolerate labores :
Nam veniet tacito curva feneſta pede.

EN COURANT ON ARRIVE AU BUT.

Fuy de la Volupté les appas criminels ;
Souffre les feux du Sud , & les glaces de l'Ourse,
Si tu veux acquerir les trefors eternels ,
Que les Dieux t'ont promis pour le prix de ta course.

C   EXPLI-

EXPLICATION.

PUISQUE nous avons appris que la Vertu n'eft qu'action, il faut neceffairement rompre avec elle, ou fe refoudre à ne plus fouffrir l'oifiveté. Le travail doit eftre noftre repos; & nous ne pouvons que dans nos fueurs, trouver noftre rafraichiffement. Auffi fommes nous entrez dans la carriere avec cette refolution; mais nous n'avons pas confideré quelle eft fon eftenduë, & quels font fes limites. C'eft dequoy le Peintre a deffein de nous inftruire en ce Tableau. Il nous y reprefente la Vertu au milieu d'un cercle, & par confequent renfermée dans la circonference de cette figure. Il nous la montre fous le vifage de la liberalité, & la fait paroiftre pleine de majefté; conftante; inébranlable; ne regardant ny à droit ny à gauche; & nous témoignant par fon action, que les deux femmes qui font à fes coftez, font également fes ennemies. La plus jeune fe peint, fe deguife, & fe pare, pour effayer d'éblouïr les yeux; & fe faire prendre pour ce qu'elle n'eft pas. Mais la Vertu qui ne peut eftre trompée, luy reproche auffi bien qu'à l'autre, fes déreglemens & fes fureurs; & les accufe toutes deux, d'avoir rompu cette celefte mefure, avec laquelle elles font obligées de travailler à la diftribution de leurs biens. Ces brutales s'offencent de la feverité de fes reprehenfions; & par une ridicule oftentation, veulent fe faire paffer l'une & l'autre pour la mefme Vertu. La Vieille comme la plus opiniatre & la plus folle, luy foûtient que la mefure dont elle fait tant de cas, luy eft abfolument inutile; pource que n'ayant nulle intention de donner, elle n'a nul befoin d'un inftrument, qui ne fert qu'à ceux qui veulent partager avec les autres les biens qu'ils poffedent. Quant à la prodigalité, elle fait une bien haute declaration qu'elle n'a que faire de ce que fon ennemie luy prefente; pource qu'elle eft naturellement fi magnanime, qu'elle ne compte ny ne mefure. Mais nous luy pouvons reprocher avec juftice, qu'au lieu d'eftre naturellement magnanime, elle eft par la corruption de fa nature, incapable de magnanimité: puifqu'elle ne fait fes profufions que par le feul défaut de ne pouvoir garder ce qu'elle trouve en fa poffeffion; & que bien qu'elle enrichiffe indifferemment ceux qui le meritent, & ne le meritent pas; elle n'oblige neanmoins ny les uns ny les autres.

IN MEDIO CONSISTIT VIRTUS.

Hor. lib. 1.
Epift. 8.
Virtus eft medium vitiorum in utrumque reductum.

Lib 1.
Satyr. 1.
Eft modus in rebus, funt certi denique fines,
Quos ultrà citràque nequit confiftere rectum.

L A

LA VERTU FUIT LES EXCEZ.

Dans les extremitez toujours l'Homme s'égare,
L'Avare & le Prodigue ont le mesme défaut ;
Marche comme tu dois , jamais le fol Icare
Ne fut tombé si bas , s'il n'eust volé si haut.

C ʓ   EXPLI-

E X P L I C A T I O N.

OSTRE sage Conductrice nous vient d'enseigner ce que la Vertu nous oblige d'entreprendre. Maintenant elle nous montre ce que la plufpart des hommes ont accouftumé de faire ; & pour nous donner de la honte de nos propres actions, elle expofe à nos yeux l'eftat infame où noftre foibleffe nous reduit. Confiderez bien cette Folle qui fe jette au col d'une autre Folle, c'eft noftre Ame qui paroit prefque tousjours incertaine, flottante, infenfée ; & qui ne fçachant à quoy s'attacher, fe porte tantoft à une extremité, & tantoft à une autre. C'eft à dire qu'elle eft ordinairement ou dans l'Excez ou dans le Defaut. Mais parce que le vice nous eft odieux, toutes les fois qu'il n'emprunte rien de la Vertu, il arrive fouvent que nous nous laiffons tromper à l'apparence du bien ; & par confequent que nous nous jettons du cofté de la prodigalité, pour ce qu'elle nous femble magnanime, plutoft que de celuy de l'avarice ; à caufe qu'eftant toute hideufe & toute déchirée, elle fait horreur à quiconque n'a pas perdu le fentiment de la nobleffe de fon eftre. Toutefois puis qu'il eft conftant que la Vertu eft également ennemie des extrémes, concevons de bonne heure cette importante verité, que le crime eft tousjours crime ; & bien que le temps, le lieu, ou quelque autre circonftance y mettent de la difference, il eft vray neanmoins qu'ils n'en changent point la Nature.

IN VITIUM SÆPE DUCIT CULPÆ FUGA.

Horat. lib. 1.
Satyr. 2.

    Dum vitant ftulti vitiæ in contraria currunt.

Lib. 2.
Satyr. 2.

    —— *nam fruftra vitium citaveris illud,*
Si te aliò pravum detorferis.

EN FUYANT UN VICE, L'IMPRUDENT TOMBE EN L'AUTRE.

Eviter tout excez, n'eſt pas choſe facile,
Si l'un nous ſemble laid, l'autre nous paroit beau;
Ainſi fait l'Ignorant qui conduit un Vaiſſeau,
S'il évite Caribde, il ſe jette dans Scylle.

EXPLI-

EXPLICATION.

IL eſt vray : Toutes choſes ont leurs bornes, & la Vertu s'en preſcrit elle-meſme. C'eſt pourquoy nous ne pouvons avec juſtice, nous diſpenſer d'une ſi douce & ſi aimable contrainte. Mais ne paſſons pas auſſi d'une extremité à l'autre. Ne craignons pas eternellement ; & ne nous devorons pas l'eſprit de ſcrupules renaiſſans, & de défiances perpetuelles. Il eſt tres-certain que beaucoup de choſes ſont permiſes au Sage ; & que la nature comme la Lieutenante generale de cette Providence, qui a tout fait avec poids, nombre, & meſure, luy a gravé dans le cœur, une loy ſecrette, & une regle cachée, avec leſquelles il luy eſt impoſſible de faillir. Cette verité nous eſt deſcouverte en ce Tableau. Il juſtifie la Nature, des accuſations que les ames dereglées inventent tous les jours contre l'innocence de ſes intentions. Les méchans la nomment inique, inhumaine, inſenſée, & l'accuſent d'avoir donné à ſes creatures mille mouvemens, qu'elle condamne preſque auſſitoſt qu'elle les leur a données. Mais cette calomnie eſt auſſi groſſiere qu'il eſt aiſé de la confondre. Car ces brutaux ſe figurent que nos paſſions ſont incapables de recevoir un bon uſage ; & qu'il ne faut jamais les ſuivre, ou qu'il faut ſe reſoudre de s'abandonner à leur fureur. S'il nous eſt permis, diſent-ils, d'aſpirer aux richeſſes, il nous eſt auſſi permis de fouler aux pieds la Juſtice & l'humanité, puis qu'en les conſultant, il eſt impoſſible de les acquerir ; & ſi l'ambition n'eſt pas un crime, ce n'en eſt pas un auſſi, de pouſſer le poignard dans le ſein de ſa Patrie, & faire paſſer ſon charriot ſur le ventre de ſon Pere. Mais ſes gens-là ignorent, que la nature a donné à nos paſſions, auſſi bien qu'à la Mer, des rivages & des limites ; & qu'il ne tient qu'à nous d'y conſerver le calme, & d'en chaſſer ces vents impetueux, qui ſi ſouvent y excitent d'horribles tempeſtes, & qui preſque tousjours y font faire de ſi eſtranges naufrages.

NATURA MODERATRIX OPTIMA.

Horat. lib. 1.
Satyr. 2.

Nonne Cupidinibus ſtatuit natura modum, quem ?
Quid latura ſibi, quid ſit dolitura negatum,
Quærere plus prodeſt, & inane abſcindere ſoldo ?

Lib 2.
Satyr. 2.

—— *Non in caro nidore voluptas*
Summa, ſed in te ipſo eſt.

LA

LA NATURE REGLE NOS DESIRS.

Les Loix qui reglent nos Plaifirs
Ne font point des Loix inhumaines ;
La Nature & le Ciel ne bornent nos defirs,
Que de peur d'accroiftre nos peines.

EXPLI.

EXPLICATION.

IL le faut avoüer à la honte generale des Hommes, nous sommes tous des violateurs & des sacrileges. A toute occasion nous arrachons les bornes où nos Passions sont renfermées. Nous profanons la sainteté de ses divines enceintes ; & suivons l'exemple pernicieux de ce Jeune inconsideré, qui au mépris de son Frere, renversa les premiers murs de la premiere Ville du monde. La sage Conductrice de nostre Vertu naissante, luy fait remarquer ce deffaut presque universel ; & de peur qu'elle ne s'y laisse tomber, luy montre combien horribles sont les demons, ausquels nos passions sont changées, toutes les fois que nous leur permettons de s'estendre au de là de leurs veritables limites. A cet objet cette noble & genereuse inclination entre en une magnanime colere, & pleine d'une aversion heroïque, ose appeller ses ennemis au combat. Mais sa celeste Gouvernante, satisfaite de ce premier mouvement, tempere une hardiesse qui pourroit estre malheureuse ; & ne luy donnant pas la liberté d'en venir aux mains avec ces vieux & experimentez adversaires, luy commande seulement de considerer combien ils sont fiers, combien ils sont hardis, & combien ils sont redoutables, afin que de bonne heure elle prepare toute sa force, & tout son art, pour se bien deffendre si jamais elle en est attaquée. Admirez maintenant avec moy combien ingenieusement le Peintre nous represente un si beau spectacle. Vous diriez à voir la Sagesse, servant elle mesme de bouclier à son Ecoliere, que tout ainsi qu'une divine & puissante Enchanteresse, elle l'a renfermée dans un cercle inviolable aux demons qui l'environnent ; & que les luy montrant les uns aprés les autres, sans qu'elle en puisse estre offencée ; elle l'accoutume à la veuë de ces spectres, & par un bien-heureux prodige, luy fait tirer de la communication mesme des Vices, l'Amour qu'il faut avoir pour la Vertu.

DISCIPLINÆ ANIMUS ATTENTUS.

Hor. lib. 1.
Epist. 1.

Invidus, iracundus, iners, vinosus, amator,
Nemo adeo ferus est, qui non mitescere possit ;
Si modò culturæ patientem commodet aurem.

Pallas sapientia Dea, rectam Virtutis viam demonstrat.

POUR

POUR HAYR LE VICE IL LE FAUT CONNOISTRE.

Plus le Vice est horrible, & plus il a d'appas:
Il va tousjours en masque, & n'est rien que feintise.
Aussi c'est au Rochers, qui ne paroissent pas,
Que le Nocher se trompe, & la Barque se brise.

D   EXPLI-

EXPLICATION.

A Sageſſe humaine a ſes cauſes ſecondes auſſi bien que la Divine. Elle agit par leur entremiſe ; & bien qu'elle opere eternellement, il ſemble neanmoins qu'elle ſe repoſe quelque fois ; & qu'elle ſe décharge ſur une autre, de l'inſtruction de ſes diſciples. Nous en avons un exemple en ce Tableau, où cette ſage Conductrice, aprés nous avoir fait toucher les bornes, dans leſquelles les paſſions doivent eſtre renfermées ; & connoiſtre que c'eſt de leur ſeul dereglement que les vices tirent leur naiſſance, nous met entre les mains du Temps, & luy commande, qu'en ſon abſence il contribuë tout ce qu'il a de bon, à la conduite de noſtre vie. Le Temps obeït ; & cultivant les premieres ſemences que la Nature & la Sageſſe ont jettées dans nos ames ; nous menne en ces lieux admirables, où des Jardiniers ſpirituels ſont capables par leur culture, & par leurs ſoins, de les faire fructifier. Ce ſont les Philoſophes que nous voyons aſſamblez au lieu le plus apparent de cette Peinture. Ils ſçavent déja le progrez que nous avons fait dans la Doctrine des Mœurs ; & pour nous faire penetrer plus avant, ils nous étalent les merveilles que leurs longues meditations leurs ont fournies. C'eſt en vain que les vices nous parlent à l'oreille ; & nous propoſent tout ce qui peut toucher les ſens, pour nous arracher d'une ſi bonne Ecole. Nous avons d'abord eſté convaincus par les veritez qui s'y enſeignent. Nos Docteurs nous les feront voir bien-toſt les unes aprés les autres. Cependant ils nous aſſurent que tous les eſprits ſont également capables de cét eſtude ; qu'il n'y a point de condition qui en ſoit excluſe ; & que nous n'avons à faire autre effort ſur nous meſme, qu'à rendre à la partie ſuperieure de noſtre ame, l'empire que ſon eſclave luy a violamment uſurpé.

PHILOSOPHIA VITÆ MAGISTRA.

Horat. lib. 1.
Epiſt. 18.

    Inter cuncta leges , & percunctabere doctos ,
    Quâ ratione queas traducere leniter ævum :
    Ne te ſemper inops agitet , vexetque Cupido ,
    Ne pavor , & rerum mediocriter utilium ſpes :

Perſ.

    Petite hinc juveneſque ſeneſque
    Finem animæ certum , miſeriſque viatica canis.

L'ESTU-

L'ESTUDE DE LA VERTU, EST LA FIN DE L'HOMME.

Degagez vos esprits de crainte & d'esperance,
Souffrez que la Vertu vous rende la raison;
L'Esclave est insensé qui craint sa delivrance,
Et le Malade est fou qui craint sa guerison.

D 2   EXPLI-

EXPLICATION.

C OMME la Sageffe eft également neceffaire à tous les hommes, elle leur eft auffi également favorable. Elle a de l'amour pour le pauvre comme pour le riche, pour le laid comme pour le beau; pour le Villageois comme pour le Prince. Quiconque la defire, la poffede; & toutes les fois qu'elle échappe à noftre pourfuite, ce n'eft jamais par fa rigueur, ny par fa legereté; mais tousjours ou par noftre negligence, ou par noftre perfidie. Les deux excellens Philofophes que vous avez devant les yeux, font les Chefs de deux Sectes directement oppofées. Et toutesfois comme deux Athletes tres-hardis & tres-robuftes, ils marchent contre les vices avec une egale refolution; & nous demandent pour fpectateurs de leur combat, pour ce qu'ils font également affurez de la Victoire. D'un cofté Diogene ennemy des grandeurs, de la pompe, & des richeffes, paroit auffi glorieux à l'entrée de fon Tonneau, qu'un Conquerant dedans fon Char de Triomphe; & nous témoigne par fon action, qu'il fe fent déjà victorieux de la Fortune, & qu'il foule aux pieds toutes les chofes, pour qui feules, les crimes trouvent des adorateurs. D'autre part s'avance pompeux & brillant, le Philofophe courtifan Ariftippe, qui n'a pas laiffé de remporter la victoire, encore qu'il paroiffe armé pour un jour de Triomphe, plutoft que pour un jour de bataille; & tout fuperbe de la gloire qu'il vient d'acquerir, raille agreablement la gueuferie de Diogene; & l'accufe luy-mefme de trahir la Majefté de la Philofophie, en la contraignant par fa mauvaife humeur, de n'avoir pour Thrône, que le fumier fur lequel il eft couché. Mais n'entreprennons pas de les accorder. Voilà le grand Alexandre qui s'eft conftitué leur Juge; & qui par les loüanges qu'il donne à l'un & à l'autre; témoigne qu'ils meritent reciproquement les Couronnes immortelles, aufquelles ils afpirent par des voyes fi contraires.

IN QUOCUMQUE VITÆ GENERE PHILOSOPHARI LICET.

Horat. lib. 1.
Epift. 17.

Si pranderet olus patienter, Regibus uti
Nollet Ariftippus; fi fciret Regibus uti,
Faftidiret olus, qui me notat.

Ariftoph.

Virtuofus bene utitur quibufcumque.

Ovid.

Pectoribus mores tot funt, quot in orbe figuræ;
Qui fapit, innumeris moribus aptus erit.

EN

EN TOUTE CONDITION ON PEUT ESTRE VERTUEUX.

En tous lieux la *Vertu* se trouve,
Chacun peut entendre sa voix;
Et bien souvent on la découvre,
Telle parmy les bruits du *Louvre*,
Qu'elle est au silence des *Bois.*

EXPLICATION.

UISQUE nous avons appris que nous sommes tous également appellez à l'Escole de la Philosophie, & qu'il est absolument necessaire que nous répondions de nostre vocation, il faut que nous connoissions nostre devoir ; & que pour nous en acquitter dignement, nous sçachions ce que la Vertu exige de nostre obeïssance. Le voicy. Elle veut que nous sortions de sa compagnie, meilleurs que nous n'y sommes entrez. Pour ce sujet elle nous donne une leçon fort commune, mais fort instructive ; & nous arrachant de l'esprit une erreur, qui a presque infecté tout le monde, nous fait confesser que jusques à present nous n'avons esté sensibles qu'à nos moindres maladies ; & par consequent, que nous n'avons travaillé qu'à la guerison de celles qui estoient les moins considerables. Tous les personnages dont cette Peinture est composée, sont autant de témoins qu'elle produit contre nos habitudes brutales ; & qu'elle produit exprés, pour nous contraindre à signer nous mesme nostre condemnation. Nous voyons d'abord un miserable, du nombre de ceux que le monde nomme bien-heureux, qui ayant l'ame mangée d'ulceres, le cœur rongé de tous les vers que les crimes y forment, & l'esprit combattu de toutes les passions les plus dereglées, refuse neanmoins les remedes agreables & infaillibles, que le Temps & la Sagesse luy offrent. Il s'offence impudemment de la generosité, par laquelle ils ont daigné prevenir ses prieres ; & les renvoye avec ce compliment orgueilleux, que s'il a jamais besoin de leur assistence, il ne manquera pas de les faire appeller. Cependant pour un peu de rougeur qui luy paroit à l'œil, il crie impatiemment aprés le secours de tous les Oculistes. Cette petite inflammation luy oste le repos ; & luy faisant oublier ce grand nombre de biens qu'il s'est acquis par un plus grand nombre de crimes ; luy persuade, que toute sa felicité est renfermée en la guerison de son mal. L'Operateur aussi travaille avec toute l'industrie dont il est capable ; & promet à cét Aveugle volontaire, que bien-tost il soulagera sa douleur. A la verité l'œil exterieur peut estre guery, mais la veuë la plus precieuse ne le sera pas. Aussi est-ce d'un art bien plus subtil, & bien plus divin, que n'est la Chirurgie, qu'il nous faut attendre la guerison de ses sens delicats, par qui seulement l'homme est veritablement homme.

HABENDA INPRIMIS ANIMI CURA.

Horat. lib. 1.
Epist. 2.

Quæ ledunt oculos festinas demere : si quid
Est animum ; differs curandi tempus in annum.

LA GÜERISON DE L'AME EST LA PLUS NECESSAIRE.

As tu dans l'un des Yeux quelque tache un peu sombre,
Tu veux que l'Oculiste en arreste le cours.
Ton Ame cependant souffre des maux sans nombre,
Et tu la vois perir sans luy donner secours.

EXPLI-

EXPLICATION.

NOus ne pouvons plus ignorer que la Vertu n'eſt pas Vertu, ſi elle n'agit, ſi elle ne combat, & ſi malgré le grand nombre des ennemis dont elle eſt attaquée, elle ne demeure victorieuſe. Voyons maintenant de quelle ſorte elle doit agir; & par quel mouvement elle ſe doit porter aux entrepriſes les plus difficiles. Le Peintre nous la fait voir dans un éloignement, qui refuſe en la perſonne d'un de ſes adorateurs, les Couronnes qui luy ſont offertes. Elle nous proteſte par ce magnanime refus, qu'elle trouve ſon prix en elle meſme; & qu'elle ſeroit tousjours tres-ſatisfaite de ſa fortune, quand il n'y auroit ny témoins pour voir ſes actions, ny Herauts pour les publier, ny gloire pour en eſtre la recompenſe. Mais le Peintre ne s'eſt pas contenté de nous montrer cette beauté toute nuë, pour nous la rendre encore plus aimable, & nous embrazer plus puiſſamment du deſir de ſa poſſeſſion, il luy oppoſe tout ce qu'il y a de difforme, & de haïſſable dans ces ames lâches & mercenaires, qui ne ſeroient jamais du party des gens de bien, s'il y avoit de la ſeureté dans celuy des méchans. Conſiderez cette trouppe d'Hypocrites de toute condition, & de tout âge. Vous croiriez à leurs geſtes, qu'ils ſont nez ennemis irreconciliables de l'injuſtice, & de l'intereſt. Cependant ils engloutiſſent des yeux, ces vaſes d'or, & ces ſacs d'argent, qu'on leur preſente exprés pour les tenter; & bien qu'ils feignent de les avoir en horreur, ils ſont toutefois interieurement devorez du deſir de les poſſeder. Mais nous n'avons pas beſoin de deviner qui leur fait faire cette violence ſur eux-meſmes. Nous voyons le frain qui les arreſte. C'eſt cette Deeſſe boiteuſe qui les ſuit. Cette implacable Nemeſis, qui chargée de tous les inſtrumens inventez pour punir les crimes, les chaſſe à grands coups de foüet; & les contraint de retirer leurs mains, des choſes où ils ont déjà mis tout leur cœur.

VIRTUTEM QUA VIRTUS EST, COLE.

Horat. lib. 1.
Epiſt. 16.

Oderunt peccare boni Virtutis amore.
Tu nihil admittes in te formidine pœnæ.
Sit ſpes fallendi : miſcebis ſacra profanis.

AIME

AIME LA VERTU POUR L'AMOUR D'ELLE-MESME.

Si de peur du supplice, & non de peur du crime,
Tu t'abstiens des tresors, à ta garde commis?
Ta justice apparente est indigne d'estime:
Le larcin n'est pas fait, mais le crime est commis.

EXPLICATION.

Pprenez qu'il est un Dieu, ames ambitieuses & brutales; & ne vous figurez plus que la Religion soit le partage du Peuple. Vous regnez, il est vray. Vous marchez sur la teste des hommes, il est vray; & pour adjouster l'opprobre à la cruauté, vous violez les premiers, les loix que vous leur avez imposées. Leurs biens, leur honneur, leur repos, leur innocence, & leur vie sont les jouëts de vostre fureur. Vous profanez les choses Sacrées. Vous renversez les Autels. Vous pillez les Temples; & c'est dans les lieux les plus Saints que vous commettez vos actions les plus abominables. Dieu les voit. Dieu les souffre. Dieu y paroist insensible : Je l'avoüe. Mais attendez encore un peu, Esprits orgueilleux, & vous sentirez qu'il est le Dieu jaloux, qu'il est le Dieu vengeur, qu'il est le Dieu visitant l'iniquité des Peres sur toute leur posterité. Non, non, ne suivez pas le conseil que mon juste courroux vous donne. Il est digne de vous, mais il n'est pas digne de la Philosophie. Pensez plustôt à craindre les jugemens que vous avez toûjours méprisez. Regardez cette eternité mal heureuse qui doit chastier vos crimes; & si ce n'est l'amour, qu'au moins la crainte vous donne de l'horreur de vous mesme; & vous porte à la penitence. Vostre salut ne sera pas desesperé, si vous changez de vie, si vous estes touchez de la calamité de vostre prochain; & si vous reconnoissez une puissance bien plus haute, & bien plus legitime, que celle que l'excés de vostre ambition vous a follement persuadée. Venez voir, & estudiez le bon Roy que cette Peinture vous donne pour exemple. Il est environné de ses Peuples. Il rend justice à la Veufve & à l'Orphelin. Il arrache le foible de l'oppression du fort; & prend en main la cause du pauvre contre les persecutions du riche. Mais voyons qui sont les Ministres & les Conseillers qu'il consulte. Il leve les yeux au Ciel. Il contemple cette Justice supreme, qui est la regle & l'idée de toutes les autres; & declare hautement qu'il n'a pour objet que l'execution de ses volontez. Cette declaration ne luy est pas infructueuse. Elle attire du Ciel les benedictions & les graces sur ce Roy, veritablement digne d'estre Roy; & l'éleve autant au dessus des autres Princes, qu'effectivement il s'abaisse devant le Maistre des Princes.

POTESTAS POTESTATI SUBJECTA.

Horst. lib.3.
Od. 1.

Regum timendorum in proprios greges,
Reges in ipsos imperium est Jovis,
Clari Giganteo triumpho,
Cuncta supercilio moventis.

DIEU

DIEU SEUL N'A POINT DE MAISTRE.

Mortels il eſt un Dieu : Vous en eſtes l'Image ;
Aimez le comme tels , & reverez ſes Loix.
La Foy qui de vos cœurs , exige cét hommage ,
L'exige également , des Bergers & des Roys.

E X P L I C A T I O N.

AU T A N T de fois que ton ame corrompuë, que tes fens dépravez, & que ton inclination abrutie, oferont te porter aux attentats où l'impieté attire les méchants ; autant de fois que tu feras affez infenfé pour douter s'il eft un Dieu : autant de fois que tu voudras entreprendre quelque deffein au de là de tes forces ; vien confulter cét horrible fpectacle, & médite profondement fur le fuccez que le Ciel referve aux entreprifes abominables. Tu apprendras bien-toft à humilier ton orgueil ; à reprimer ta temerité, & à connoiftre combien il eft épouvantable de tomber entre les mains de Dieu, quand nos crimes l'ont mis en colere. O ! que cette Fable exprime bien cette verité. Ceux que nous voyons icy chargez de Rochers, & montez jufques au deffus des Nuës, eftoient les plus grands & les plus redoutables des hommes. Mais quelque extraordinaire que fut leur courage, auffi bien que leur puiffance, ils firent toutesfois des efforts inutiles, & tenterent des chofes criminelles ; pour ce qu'ils oferent fe porter contre le Ciel. Les Geants ne furent pas écrafez pour avoir entrepris au de là de leurs forces, mais pour s'eftre revoltez contre ceux qui les leur avoient données.

N O N   T E M N I T E   D I V O S.

Horat. lib. 3.
Od. 4.

Vis confili expers mole ruit fud :
Vim temperatam Di quoque provehunt
In majus, iidem odere vireis,
Omne nefas animo moventes.

Lib. 1.
Od. 3.

Nil mortalibus arduum eft.
Cœlum ipfum petimus ftultitiâ : neque
Per noftrum patimur fcelus
Iracunda Jovem ponere fulmina.

TREM-

TREMBLEZ DEVANT LE TROSNE DU DIEU VIVANT.

Où te porte ta rage , Homme digne du foudre?
Crois tu chaffer ton Dieu de fon Throfne eternel?
S'il n'avoit pour toy-mefme un amour paternel,
Dé-jà fon bras vengeur t'auroit reduit en poudre.

E 3 EXPLI-

EXPLICATION.

E juste spectacle qui nous a frappé d'un juste étonnement, n'est qu'une partie des calamitez dont l'impieté est suivie. Tous les Siecles, & toutes les Nations en fournissent des exemples. Celuy qui se presente à nos yeux, n'a pas moins d'horreur que le premier; & ne doit pas moins que luy, nous donner de la terreur des jugemens de Dieu. Non seulement c'est une tragique representation des desolations passées, c'est aussi un fidelle advertissement, & un certain presage des ruines, & des destructions que le courroux du Ciel prepare pour le chastiment de nostre impieté. Considerons ces Temples abbatus, ces maisons brûlées, ces hommes égorgez, & ces miserables femmes que le Soldat ne semble épargner, que pour leur faire achepter au prix de leur honneur, la servitude qu'il leur destine. Ce sont autant de Monuments de la vangeance celeste, & comme autant de propheties qu'elle fait marcher devant elle, pour annoncer sa venuë, & porter les hommes à la penitence. C'est pourquoy, s'il nous reste quelque sentiment de nous-mesme, & quelque crainte de tant de miseres, commençons à travailler serieusement à ce grand ouvrage de nostre conversion, & croyons qu'elle est la seule chose qui peut détourner de dessus nos testes, la foudre dont nous sommes menacez.

NEGLECTÆ RELIGIONIS POENA MULTIPLEX.

Horat. lib. 3.
Od. 6.

> *Delicta majorum immeritus lues*
> *Romane, donec templa refeceris,*
> *Ædeisque labenteis Deorum, &*
> *Fœda nigro simulacra fumo.*

Virg 6. Æn.

> *Discite Justitiam moniti, & non temnere Divos.*

L'IMPIETE' CAUSE TOUS LES MAUX.

Si le glaive & la flâme, ont les champs defertez;
Les Temples abattus , & les Villes brûlées.
Si tu vois au Tombeau, tes fils precipitez,
Et traifner aux cheveux tes filles defolées.
Toy ; par qui tant de loix ont efté violées,
Sçache que c'eft le fruit de tes impietez.

EXPLI-

·EXPLICATION.·

Tous les méchans font punis. La Juftice eternelle n'en difpenfe pas un; & quand les Bourreaux ont achevé de tourmenter les coupables, ils font à leur tour, condamnez aux fupplices, pour ce qu'ils ne font pas plus innocens que les autres. Les horreurs de ce Tableau vous annoncent ces veritez. Voyez cette Ville embrafée. Nombrez ces Hommes, ces Femmes, & ces Enfans affaffinez. Contemplez ces gibets & ces roües. Ils ne font pas moins le chaftiment, que les effets de nos crimes. La punition fuit le mal, comme l'ombre fuit le corps. Bien qu'elle foit boiteufe, & qu'elle ne marche pas toûjours aufli vifte que le méchant, elle le fuit toutefois fans ceffe; & quand elle eft bien longue à venir, c'eft une preuve certaine qu'elle a long-temps medité, fur le genre de fupplice, dont elle veut punir ces perfecuteurs inhumains, qui ont efté les inftrumens de la Juftice Divine.

CULPAM POENA PREMIT COMES.

Horat. lib. 3.
Od. 2.

—— *Sæpe Diefpiter*
Neglectus, incefto addidit integrum:
Raro antecedentem fceleftum
Deferuit pede pœna claudo.

S. neca.

Sequitur fuperbos ultor à tergo Deus.

Tibull. lib. 1.
El.g 9.

Ah mifer, & fi quis primò perjuria celat;
Sera tamen tacitis pæna venit pedibus.

LES MECHANTS SE PUNISSENT L'UN L'AUTRE.

Tragiques instrumens des Vengeances celestes,
Monstres dont la fureur se déborde sur tous :
Regardez ces Bourreaux inhumains comme vous,
Bien-tost vous sentirez leurs atteintes funestes.

EXPLICATION.

E Chriftianifme n'eft point le deftructeur de la Philofophie. Il n'a pretendu dez fon origine, que de luy rendre fes premieres beautez ; & la porter à ce haut point de perfection, qu'elle receut lors que fon Autheur luy commanda de venir éclairer les hommes. Vous voyez auffi qu'ils fe tiennent comme par la main ; & que la Morale Chreftienne n'enfeigne rien, que la naturelle ne nous ordonne. L'un & l'autre premierement exigent de nos cœurs, l'adoration de Dieu, & veulent enfuite, que tous les hommes s'ayment avec autant de tendreffe, que fi effectivement ils eftoient fortis d'une mefme mere. C'eft à cette importante & neceffaire partie de la vie civile que nous fommes arrivez. Ce Tableau nous reprefente les devoirs de l'Amitié ; & nous fait entendre combien doivent eftre inviolables & faintes, ces loix qui ont efté gravées du doigt mefme de la nature, dans le cœur de tous les hommes. Vous voyez auffi comme elles font religieufement obfervées par les deux Amis, dont noftre Peintre nous donne les pourtraits. Ils font tellement conformes, & tellement unis, qu'on pouroit dire que ce font deux corps qui ne font animez que d'une ame. Ils quittent l'un pour l'autre tout ce qui peut nuire à leur amour. Les honneurs, les richeffes, les delices, n'ont point de charmes qui puiffent ny les feparer pour long-temps, ny mefme fufpendre pour un feul moment, l'activité de leur affection. Pourveu qu'ils fe poffedent l'un l'autre, ils croyent poffeder toutes chofes ; & trouvent dans leur contentement reciproque, une plenitude de felicité que la fortune, ny la beauté ne promettent que fauffement.

HOMO HOMINI DEUS.

Hor. lib. 1. Satyr. 5.	*Nil ego contulerim jucundo fanus amico.*
Virgil.	*Omnia vincit Amor ; & nos cedamus amori.*
Ecclef. 19.	*Perde Pecuniam propter amicum.* *Amico jucundo magis egemus, quàm aquâ vel igne.*

L'HOMME EST NE' POUR AIMER.

L'Amour anime de ses flâmes,
Tous ceux qui sont dignes du jour.
Les hommes qui n'ont point d'Amour,
Sont des corps qui vivent sans ame.

EXPLI-

EXPLICATION.

V OICY un des principaux Dogmes de la Philoſophie d'Amour, que le Peintre nous met devant les yeux, avec cette judicieuſe dexterité que nous avons dé-jà tant de fois admirée. Ces deux hommes doivent eſtre veritablement ſemblables, pour eſtre veritablement amis. Nous voyons cependant qu'il y a beaucoup de Vertus d'un coſté, & beaucoup de Vices de l'autre. Si l'on met des choſes d'une ſi viſible diſproportion dans une Balance juſte, on y doit rencontrer infailliblement une notable difference. D'ailleurs il n'eſt pas poſſible que l'Amitié puiſſe durer, ſi cette difference ſubſiſte. Que fait l'Amour? Ce qu'il doit. Eſtant comme il eſt tout ingenieux, & tout accommodant, il vient au ſecours du parti le plus foible; & ſe met luy-meſme du coſté de la Balance qui eſt le moins peſant. Ainſi non ſeulement par ſon contrepoids, il donne de l'égalité aux choſes inégales, mais il fait que les imperfections & les vices ſe convertiſſent peu à peu en la nature des Vertus qui leur ſont oppoſées; & que par la puiſſance de ſes charmes, devenant une meſme choſe, elles compoſent de differentes parties cét accord harmonieux, qui eſt le lien indiſſoluble des ames.

AMICITIÆ TRUTINA.

Horat. lib. 1.
Satyr. 3.
—— *amicus dulcis, ut æquum eſt,*
Quum mea compenſet vitiis bona: pluribus hiſce,
Si modò plura mihi bona ſunt, inclinet, amari
Si volet: hac lege in trutina ponetur eadem.

Laërt. lib. 7.
cap. 1.
Zeno Cittieus rogatus, quid revera eſſet amicus: reſpondit, Alter ego.

Cupere eadem, eadem odiſſe, eadem metuere, homines in unum cogunt: ſed hæc inter bonos amicitia eſt, inter malos fictio eſt.

Seneca.
Dicebat Hecaton. *Ego tibi monſtrabo amatorium ſine medicamento, ſine herba, ſine ullius veneficæ carmine, ſi vis amari, ama.*

EN AIMANT ON SE REND PARFAIT.

L'Homme receut également,
Le bien & le mal en partage :
Et Dieu l'a fait expressement,
Afin que sa vivante image,
Deut aux soins de l'amour, son accomplissement.

F 3   EXPLI-

E X P L I C A T I O N.

ONFESSONS que pour fçavoir parfaitement aimer, il faut fçavoir parfaitement complaire. Noftre Peintre qui nous veut graver cette verité dans l'ame, a choifi de tous les Exemples de l'Antiquité, le plus puiffant & le plus propre à fon deffein. Voyez-vous ces deux hommes, qui par la difference de leurs vifages, montrent clairement la contrarieté de leurs inclinations. Ce font deux freres toutesfois : deux freres, dis-je, qui ayant furmonté par une reciproque complaifance, la diverfité de leurs temperaments, ont merité de vivre en la memoire de tous les hommes. L'un eft Amphion, cét incomparable Muficien : & l'autre Zethes ce determiné Chaffeur. Le premier aime le repos, l'autre le travail. L'un n'eft touché que de la douceur de fa Lyre, l'autre ne l'eft que du fon enroüé de fon Cor. L'un donne tout à l'exercice de l'efprit, l'autre tout à l'exercice du corps. Cependant par un concert veritablement amoureux, & par une mutuelle condefcendance, Amphion fait taire fa Lyre, toutes les fois que Zethes veut faire entendre fon Cor. Mais Zethes auffi rend aux Bois, & aux Beftes, le repos qu'il leur a fi fouvent troublé, quand Amphion à fon tour, voülant troubler l'ordre de la nature, fait par la puiffance de fa voix, marcher les Rochers & les Pierres dont il a refolu de baftir les murailles de quelque Ville.

IBI EST AMOR, UBI EST RECIPROCUS.

Hor. lib. 1.
Epift. 18.

Nec tua laudabis ftudia, aut aliena reprendes :
Nec, quum venari volet ille, poemata panges.
Gratia fic fratrum geminorum, Amphionis, atque
Zethi diffiluit : donec fufpecta fevero
Conticuit Lyra, fraternis ceffiffe putatur
Moribus Amphion.

Sall. in Catil.

Idem velle atque idem nolle, ea demum firma amicitia eft.

IL FAUT AIMER POUR ESTRE AIME'.

Les Amis doivent tour à tour ,
Se tefmoigner leur deference.
Ceux=là n'ont pas beaucoup d'amour
Qui n'ont gueres de complaifance.

EXPLI-

EXPLICATION.

TOUT ainſi que le Soleil ne regarde point de lieux qu'il ne les rempliſſe de lumiere ; de meſme l'amitié n'eſt jamais dans une Republique, qu'elle n'y produiſe la Paix, l'union, & la force. Noſtre Peintre paſſant de l'amitié particuliere à la publique, philoſophe ainſi dans ce Tableau ; & pretend de montrer aux Peres de familles, auſſi bien qu'aux Miniſtres d'Eſtat, que le nombre de leurs ennemis, ne ſera jamais capable de les perdre, s'ils n'y contribuent eux-meſmes par leurs ſecrettes mes-intelligences, & par leurs diviſions domeſtiques. Mais ne ſe croyant pas aſſez eloquent pour prouver cette grande verité, il emprunte le viſage & l'eſprit de Sertorius, afin que par la haute opinion que ſa vertu luy a donnée, il luy ſoit plus facile de nous perſuader ; & pour rendre ſes perſuaſions plus populaires, il ſe ſert de la familiarité d'un exemple qui peut frapper indifferemment les Sages & les Idiots. Il fait amener devant une Armée, deux Chevaux, dont l'un paroit jeune & vigoureux ; & l'autre vieil, foible & décharné. Il commande à un vieil homme, caſſé de travail, & fraichement relevé de maladie, de tirer poil à poil la queuë du beau Cheval ; & à un jeune & robuſte Soldat de prendre celle de l'autre Cheval, & la luy arracher tout à la fois. Le dernier obeït ; & abuſant de ſa vigueur, entraine le Cheval tout entier, luy donne mille ſecouſſes, & ſe fait mille efforts. Mais autant qu'ils ſont grands, autant ſont ils inutiles. Cependant le Vieillard tout debile, & tout extenué qu'il eſt, oſte les poils du Cheval fougeux, les uns aprés les autres ; & vient aiſément à bout de ce qui luy a eſté commandé. Voilà, nous dit noſtre Philoſophe muët par la bouche du ſage & vaillant Romain, la repreſentation de la vie civile. Tant que les Peuples ſont bien unis, & bien affectionnez les uns aux autres, ils ne peuvent eſtre la proye des eſtrangers, mais quand les haines & les partialitez leur ont fait autant d'ennemis domeſtiques qu'ils ſont de particuliers, quelques foibles que ſoient ceux qui les attaquent, il leur eſt facile d'en uſurper la liberté.

CONCORDIA POPULI INSUPERABILES.

Hor Epiſt 1.	*Quid non poſſit rerum Concordia?*
Tac. in Ann.	*Boni amici, magnum boni Imperii inſtrumentum.*
Saluſt in b. II. Jugurt.	*Regnum, ſi boni eritis, firmum ; ſin mali, imbecillum. Nam Concordiâ parvæ res creſcunt, diſcordiâ maximæ dilabuntur.*

L'AMOUR DES PEUPLES, EST LA FORCE DES ESTATS.

Artizans insensez des discordes civiles,
N'accusez point le Ciel de vos calamitez:
Vos haines , vos complots , vos partialitez
Sont les premiers Tyrans qui desolent vos Villes.

G   EXPLI-

EXPLICATION.

'Il n'y avoit point de contraires, il n'y auroit point de combats ; & si les combats cessoient, en mesme temps cesseroit l'emulation & la gloire. C'est pourquoy il faut qu'il se rencontre continuellement des occasions de faillir, afin qu'incessamment il s'en presente, pour donner de l'exercice à la Vertu. En voicy une bien grande, & bien commune. C'est d'apporter en toutes nos amitiez, une ame desinteressée ; & ne point faire un sale commerce, d'une chose qui ne doit jamais estre ny achétée, ny venduë. L'Amour est le prix de l'Amour. Quiconque se propose en aimant, une autre fin que d'aimer, viole les plus saintes loix de la nature ; & comme un sacrilege abominable, polluë les Sanctuaires, renverse les Autels, & employe à un usage profane les choses consacrées au seul service du Dieu de l'union, & de l'amour. Nostre Peintre qui n'ignore pas cette verité, & qui sçait aussi combien elle est aujourd'huy méprisée, nous reproche nostre bassesse, nostre corruption, nostre lâcheté ; & par la plus infame de toutes les comparaisons, nous veut obliger nous-mesme, à concevoir de l'horreur de nostre infamie. Il nous accuse que nous ne sommes amis, qu'autant que nous sommes payez de nostre amitié. Que pour posseder nos affections venales, il n'est necessaire que d'avoir une bonne bourse ; & que les hommes vulgaires sont plus incapables de la belle discipline d'amour, que les bestes les plus lourdes, & les plus stupides ne le sont du noble exercice des chevaux.

VULGUS AMICITIAS UTILITATE PROBAT.

Hor. lib. 1.
Satyr. 1.

—— *Si cognatos, nullo natura labore*
Quos tibi dat, retinere velis, servareque amicos ;
Infelix operam perdas : ut si quis asellum
In campum doceat parentem currere frænis.

Ovid 1.
de Ponto.

Turpe quidem dictu, sed si modo vera fatemur,
Vulgus amicitias utilitate probat.

LA VRAYE AMITIE' EST DESINTERESSE'E.

Le profit eſt l'objet de l'amitié vulgaire,
Mais un cœur grand & noble , aime ſans intereſt ;
Et je croy que l'Amour , eſtant Dieu comme il eſt ,
N'eſt Uſurier , ny Mercenaire.

EXPLI-

EXPLICATION.

ELUY-LA connoiſſoit bien la nature, ou plutoſt la fatalité de l'Amour, qui s'eſt perſuadé que l'amour ne pouvoit eſtre veritablement amour, s'il n'eſtoit privé de l'uſage des yeux. Noſtre Peintre nous l'enſeigne en nous faiſant voir dans ce Tableau, un Pere qui tout infortuné qu'il eſt en ſa race, ne laiſſe pas, par un bien doux, & bien neceſſaire aveuglement, de trouver dans les diſgraces de ſa Famille, non ſeulement dequoy ſe conſoler, mais dequoy rendre graces aux Dieux. Il la voit au travers de ce bandeau trompeur, que l'amour luy a mis devant les yeux. Il donne de beaux noms à des choſes difformes. Il corrige par ſon affection, les manquements de la nature. Il cherche en la beauté du viſage, dequoy oppoſer à la difformité de la taille; & rencontre dans une taille bien faite, dequoy recompenſer la laideur du viſage. Ce que ce Pere fait pour ſes enfans, l'amy le doit faire pour ſon amy; & croire qu'il viole les loix fondamentales de l'amour, toutes les fois que ſon jugement envieux luy fait remarquer quelque défaut en la perſonne qu'il aime.

AMICI VITIUM NE FASTIDIAS.

Horat. lib. 1.
Satyr. 3.

At, pater ut gnati, ſic nos debemus Amici,
Si quod ſit vitium, non faſtidire. ſtrabonem
Appellat pætum pater: & pullum, malè parvus
Si cui filius eſt: ut abortivus fuit olim
Siſyphus. hunc varum, diſtortis cruribus; illum
Balbutit ſcaurum, pravis fultum malè talis.
Parcius hic vivit: frugi dicatur ineptus,
Et jactantior hic paulò eſt: concinnus amicis
Poſtulat ut videatur: at eſt truculentior, atque
Plus æquò liber: ſimplex, fortiſque habeatur.
Caldior eſt: acreis inter numeretur. Opinor,
Hæc res & jungit, junctos & ſervat amicos.

Ibidem.

—— vitiis nemo ſine naſcitur, optimus ille eſt,
Qui minimis urgetur.

L'AMY

L'AMY NE VOIT POINT LE DEFAUT DE L'AMY.

L'Amour porte un bandeau, seul pareil à soy-mesme ;
On ne voit au travers, rien qui ne semble beau.
Quiconque veut aimer, doit porter ce bandeau,
Et trouver tout parfait en la chose qu'il aime.

EXPLI-

EXPLICATION.

C E Tableau devroit eftre tiré du lieu où il eft, pour eftre attaché par tous les Carrefours; dans les Palais de tous les Roys; & en tous les autres lieux où les hommes ont couftume de s'affambler. Car de tous les vices dont la focieté civile eft infectée, le plus pernicieux & le plus frequent; eft celuy que le Peintre nous reprefente fous le vifage malicieux de ces curieux impertinents. Cét amour propre qui nous ofte l'ufage des yeux toutes les fois que nous avons befoin de les tourner fur nous-mefmes; & qui nous rend des Argus lors que nous avons à traitter avec les autres; eft l'irreconciliable ennemy de la parfaite amitié. Vous voyez ces trois perfides amis, qui penetrent jufques dans le fond du cœur de leur Amy, pour en arracher le plus fecret de fes crimes, ce font des monftres que la nature a formez en fa colere; & qui meritent d'eftre cruellement chaftiez, comme des violateurs de la Religion; ou fi vous voulez, comme des traiftres, qui feignent les zelés pour la liberté de leur Patrie, & qui cependant traittent avec les Eftrangers pour les en rendre maiftres.

DOMI TALPA, FORIS ARGUS.

Hor. lib. 1.
Satyr. 3.

Cùm tua pervideas oculis mala lippus inunctis,
Cur in Amicorum vitiis tam cernis acutum,
Quàm aut Aquila, aut ferpens Epidaurius? at tibi contra
Evenit, inquirant vitia ut tua rurfus & illi.

Terent.
Heautont.

Ita comparata eft hominum natura,
Aliena meliùs ut videant & judicent, quàm fua.

Perf. Satyr.
4.

Sic nemo in fefe tentat defcendere, nemo:
At precedentis fpectatur mantica tergo.

————— ne curetis,
Ædibus in noftris quæ prava aut recta gerantur.

RESPECTE TON AMY, ET PRENEZ GARDE A TOY.

Doux & traiſtres Cenſeurs, Amis à deux viſages,
Qui croyez fauſſement que tout vous eſt permis.
Connoiſſez vos defauts ; & ſi vous eſtes ſages,
Vous ferez indulgents à ceux de vos Amis.

EXPLI-

EXPLICATION.

L est quelquefois jufte que l'Amy parle librement à fon Amy, mais il ne l'eft prefque jamais, que l'Amy parle librement de fon Amy. Si la premiere loy d'amour, c'eft d'aimer, & la feconde d'avoir bonne opinion de fon Amy, la troifiéme eft infailliblement comme aux myfteres de ces anciennes Religions, voir, joüir, & fe taire. Car il n'y a rien qui foit fi propre à conferver l'amitié, que ce refpectueux filence, qui nous fait garder dans le cœur, tout ce que nous fçavons de nos amis. Le Peintre nous reprefente cette verité, par la figure du Dieu du filence, qui tousjours muet, & tousjours maiftre de foy, commande à toutes les paffions qui peuvent troubler, ou le repos des ames, ou l'harmonie de la parfaite amitié. S'il a des aifles, c'eft pour témoigner qu'il emprunte fon activité de l'amour, & que nous élevant de l'affection des creatures à celle du Createur, il peut porter nos cœurs jufques dans ce Temple eternel, où nous devons devenir les veritables adorateurs de ce veritable Dieu, qui en toutes fes operations, conferve un filence perpetuel, je veux dire le repos immuable de fa nature bienheureufe.

NIHIL SILENTIO UTILIUS, AD SERVANDAS AMICITIAS.

Horat. lib. 3. Od. 2.	*Eft & fideli tuta filentio* *Merces.*
Lib. 1. Epift. 18.	*Arcanum neque tu fcrutaberis ullius unquam:* *Commiffumque teges, & vino tortus, & irâ.*
Cato lib 1. Diftich.	*Virtutem primam effe puta, compefcere linguam:* *Proximus ille Deo eft, qui fcit ratione tacere.*

LE SILENCE EST LA VIE DE L'AMOUR.

Le Silence est un bien supreme,
C'est la Vertu du Sage , & celle d'un Amant.
Qui ne parle que rarement ,
N'offence jamais ce qu'il ayme.

H   EXPLI-

EXPLICATION.

Oıcy dans un mefme Tableau deux fupplices biens cruels. Mais c'eſt ne pas connoiſtre la difference des peines, que de les comparer l'un à l'autre. L'execrable invention de l'inhumain Perille, eſtonne les courages les plus aſſeurez ; & c'eſt tout ce que noſtre Philoſophie peut faire, que de donner à ſes Sectateurs aſſez de fermeté, pour entendre ſans effroy les mugiſſemens qui ſortent par les organes de ce Bœuf artificiel, des Innocens malheureux qui brûlent tout vifs dans ſon ventre. Cependant ſi vous conſiderez ce monſtre ſi hideux, ſi devorant, & ſi ennemy de tout le genre humain, qu'il eſt contraint de ſe manger le cœur, quand il ne peut trouver ſur qui aſſouvir ſa rage, vous avoüerez avec moy, que c'eſt le plus redoutable, & le plus horrible des ſupplices. En effet les Serpens qui ſervent de cheveux à ce demon, la faim enragée qui le devore, & la cruauté qui enſanglante ſes levres noires & livides, ne ſont que des crayons commencez, & des images imparfaites, des tortures que ſouffrent ces ames inhumaines & brutales, que les proſperitez de leurs amis font entrer en fureur ; & qui portent le fer & le feu dans toutes les Familles bien-heureuſes.

GRANDE MALUM INVIDIA.

Mor. lib. 1.
Epiſt. 2.

Invidus alterius marceſcit rebus opimis :
Invidiâ Siculi non invenere tyranni,
Tormentum majus.

Sil. lib. 16.

———— *O dirum exitium ! ô nihil unquam*
Creſcere, nec patiens magnas exurgere laudes
Invidia.

L'ENVIE EST LA MORT DE L'AMOUR.

L'Art d'aimer eſt un Art le plus beau de la vie ;
Qui le pratique bien, peut ſe rendre immortel :
Mais pour devenir tel,
Il faut avoir vaincu le monſtre de l'Envie.

H 2   EXPLI-

E X P L I C A T I O N.

ELUY-LA fut veritablement digne de la gloire, que les meilleurs siecles luy ont donnée, qui nous a le premier enseigné, que la souffrance faisoit la moitié de la Vertu, & que l'autre consistoit en l'abstinence. Nostre Peintre instruit en l'Escole de ce grand Philosophe, nous estale les images, & nous propose les Emblemes de cette importante verité. Il a satisfait aux deux grandes & principales loix de la Nature: c'est à dire qu'il nous a montré ce que nous devons à Dieu, & ce que nous devons à nos semblables. Maintenant il nous instruit de ce que nous sommes obligez de nous rendre à nous-mesme; & produit à nos yeux, le visage severe, mais magnanime de l'abstinence. Par là il veut nous faire connoistre qu'il n'y a rien qui nous détache si puissamment de la servitude des vices, que la resistence que nous apportons aux charmes, & aux sollicitations dont ils ont accoustumé de vaincre nos ames, par l'intelligence de nos sens. Regardez bien ce Sage, qui mesurant à sa soif, ce qu'il faut pour l'esteindre, porte un petit vase en une petite fontaine; & y recevant goute à goute la liqueur qu'elle verse, sans aucun meslange de sable & de limon, se desaltere aussi pleinement, que s'il avoit bû dans les sources mesme du Gange & de l'Eufrate. Mais ne detournez pas si viste les yeux de dessus cette Peinture, vous n'en avez encore veu qu'une partie. Considerez ce loingtain qui se perd parmy des precipices inaccessibles, & des rochers effroyables; & vous y verrez un ennemy de l'abstinence, emporté par la violence d'un torrent, qu'il pouvoit, s'il eust voulu, facilement éviter. Mais ce pauvre fou, qui dans les escoles du monde a receu cette pernicieuse doctrine, qu'il n'y a que les petits esprits qui se contentent d'une petite fortune, s'est persuadé qu'il luy falloit un fleuve tout entier pour estre delivré de son alteration. C'est aussi pour ce sujet qu'il s'est imprudemment engagé dans les perils où il se pert; & pour ne s'estre pas voulu contenter du peu qui suffisoit à sa conservation, il a recherché le trop, qui au lieu de luy oster la soif, luy oste l'esperance & la vie.

l'contremise

QUOD SATIS EST CUI CONTIGIT, NIHIL AMPLIUS OPTAT.

Hor. lib. 1.
Satyr. 1.

Dum ex parvo nobis tantundem haurire relinquas,
Cur tua plus laudes cumeris granaria nostris?
Ut, tibi si sit opus liquidi non amplius urna,
Vel cyatho: & dicas, magno de flumine mallem,
Quàm ex hoc fonticulo tantundem sumere: eo fit,
Plenior ut si quos delectet copia justo,
Cum ripa simul avulsos ferat Aufidus acer.
At qui tantuli eget, quanto est opus, is neque limo
Turbatam haurit aquam, neque vitam amittit in undis.

QUI

QUI A LE NECESSAIRE N'A RIEN A SOUHAITER.

Dans l'heureuse Cabane où la paille me couvre,
Je gouste des plaisirs qui sont bannis du Louvre,
Et prefere mon sort, au sort mesme des Rois.
Ne desirant que peu, j'ay ce que je desire,
   Et trouve que j'ay fait un choix,
   Plus grand & plus beau que l'Empire,
Pour qui mille Tyrans ont destruit mille Loix.

EXPLICATION.

ARCHONS doucement; & eſtudions des preceptes qui nous ſont ſi neceſſaires. Le Tableau qui s'offre à nos yeux ne merite pas moins d'attention que le precedent. Il nous repreſente l'image de cette magnanime frugalité, dont les premiers Philoſophes ont compoſé la beatitude du ſiecle d'Or. Admirez avecque moy, je vous prie, ce couple bien-heureux, qui tout mortel qu'il eſt, s'eſt élevé par ſa propre vertu, à la condition meſme des Dieux. Il nous témoigne par ſon action, qu'il a beſoin de ſi peu de choſe, que je ne diray rien avec exaggeration, quand je diray, qu'il a miraculeuſement ſurmonté les neceſſitez de la vie; & par ſon abſtinence trouvé l'art de s'affranchir de la miſerable ſervitude, où la nature purement humaine a de tout temps eſté condamnée. Vous le voyez auſſi dans une tranquillité qui n'eſt troublée, ny par les maladies de l'ame, ny par les dereglemens du corps. Il vit ſur la terre, de la meſme ſorte que l'on vit dans le Ciel. Les Paſſions n'oſent l'approcher; & les regardant de loin, comme ſi elles eſtoient devenuës elles meſmes, jalouſes de ſa felicité, confeſſent à la gloire de l'abſtinence, que les temperans ſont d'une eſpece beaucoup plus noble, que ne ſont communement les hommes; & qu'à meſure que nous nous retranchons, ou le deſir, ou l'uſage des biens qui periſſent; nous nous mettons en poſſeſſion de ceux qui ſont eternels.

FRUGALITAS SUMMUM BONUM.

Hor. lib. 2.
Od. 16.

Vivitur parvo bene, cui paternum
Splendet in menſa tenui ſalinum,
Nec leveis ſomnos timor, aut cupido
  Sordidus aufert.

Lib. 1.
Epiſt. 12.

Pauper enim non eſt, cui rerum ſuppetit uſus.
Si ventri benè, ſi lateri eſt, pedibuſque tuis, nil
Divitiæ poterunt regales addere majus.

Lib. 1.
Satyr. 3.

———— *modò, ſit mihi menſa tripes, &*
Concha ſalis puri, & toga, quæ defendere frigus,
Quamvis craſſa, queat.

LA TEMPERANCE EST LE SOUVERAIN BIEN.

Temperance heroïque & sainte ;
Quiconque te loge en son cœur ,
Peut se vanter qu'il est vainqueur ,
De l'Esperance & de la Crainte.

EXPLI-

EXPLICATION.

ERSONNE n'ignore la Fable de Philemon & de Baucis : Elle eſt peinte dans toutes les Galeries : Elle l'eſt dans toutes les memoires : Mais peu ſçavent l'intention de ces anciens Philoſophes, qui l'ont les premiers inventée. Les communs Mytologiſtes ſe perſuadent que c'eſt un pourtrait des recompenſes de l'Hoſpitalité ; & veulent par la grandeur où ſont élevez ces deux pauvres Vieillards, apprendre aux hommes, d'eſtre perpetuellement charitables, & donner au moins leur bonne volonté, ſi la fortune ne leur permet pas de donner davantage. Pour moy je vay plus avant ; & vous declare que la penſée des anciens Theologiens a pour ſon objet en cette agreable feinte, la recommandation de l'abſtinence, & la ſplendeur des Couronnes qui luy ſont aſſurées. Tous les Hoſpitaliers n'ont pas touſjours des Dieux dans leur logis, mais les temperans les ont touſjours en leur Compagnie. Qui ſupporte ſa mauvaiſe fortune ſans murmure : qui rend graces aux Dieux des incommoditez de ſa condition, & de celles de ſa vieilleſſe : qui s'abſtient meſme des petites choſes que ſes ſoins innocens luy ont acquiſes. Celuy-là ſeul attire les Dieux de leur ſejour eternel, & les oblige de ſe communiquer à luy : Ils le viſitent : Ils le reſpeƈtent : Ils reçoivent avec joye, tout ce qu'il leur preſente de ſon cœur, auſſi bien que de ſes mains ; & l'aſſociant au partage de leur gloire, ils ne l'abandonnent point, qu'ils ne l'ayent reveſtu de ce Sacerdoce Royal & perpetuel, par le miniſtere duquel découlent ſur la nature humaine, les graces & les privileges de la condition divine.

SORS SUA QUEMQUE BEAT.

Horat. lib. 4.
Od. 9.

Non poſſidentem multa vocaveris
RecƮè beatum, reƈƮiùs occupat
Nomen beati, qui Deorum
Muneribus ſapienter uti,
Duramque callet pauperiem pati,
Pejuſque letho flagitium timet :
Non ille pro caris amicis,
Aut patria timidus perire.

QUI AYME SA CONDITION EST HEUREUX.

Le mespris des grandeurs, de la pompe, & du bruit,
Et le repos obscur d'une innocente vie ;
Ont ce couple sacré jusqu'au Throne conduit.
La gloire est comme l'ombre, elle suit qui la fuit ;
Et fuit ceux dont elle est suivie.

EXPLI-

E X P L I C A T I O N.

NOUS venons de connoiſtre combien ſont rares, & combien ſont deſirables, ces biens ſpirituels que nous recevons de la frugalité. Contemplons tout à noſtre ayſe, ceux qui tombent ſous les ſens, & qui peuvent eſtre, ou veus, ou touchez. Ce ſont les felicitez de la vie des Champs, & les travaux delicieux qui compoſent la deſtinée bien-heureuſe, de ceux qui loin de la Cour & du grand monde, gouſtent ſur la terre, cette profonde tranquillité, qu'à peine les Ambitieux ſe figurent dans le Ciel. Ne vous perſuadez pas que ce Laboureur ſe plaigne du travail, qu'il eſt obligé de partager avec ſes Bœufs. Sa peine luy eſt un repos. Sa tâche un divertiſſement, & un jeu; & à la fin de la journée, ſon corps ne ſe trouve pas plus fatigué que ſon eſprit. Le Vigneron qui l'accompagne, & que poſſible vous eſtimez mal-heureux, pour ce que vous n'eſtes pas tout à fait gueris de l'intemperance, ne reçoit pas une moindre ſatisfaction. Il marie les Vignes aux Ormeaux, & fait cette alliance avec tant de joye, que ſi noſtre Peintre avoit le don de faire parler les Images, nous entendrions cét innocent bien-heureux, rendre graces au Ciel des douceurs de ſa condition. En effet ceux-là ſont veritablement heureux qui ſe poſſedent tous entiers, & qui deſirant peu, poſſedent tout ce qu'ils deſirent; & non pas ceux que nous voyons dans un lointain, armez de fer & de feu, ſe porter comme beſtes enragées, à la deſtruction des uns des autres.

A G R I C U L T U R Æ   B E A T I T U D O.

<small>Hor. lib.
Epod. 2.</small>

    Beatus ille qui procul negotiis,
      Ut priſca gens mortalium,
    Paterna rura bobus exercet ſuis,
      Solutus omni fœnore:
    Nec excitatur claſſico miles truci,
      Nec horret iratum mare,
    Forumque vitat, & ſuperba civium
      Potentiorum limina.

<small>Virg 2.
Georg.</small>

    O fortunatos nimium, ſua ſi bona nôrint,
    Agricolas, quibus ipſa procul diſcordibus armis
    Fundit humi facilem victum juſtiſſima tellus:

LA VIE DES CHAMPS EST LA VIE DES HEROS.

Vante qui voudra les Citez,
Où les mortels comme enchantez,
Tiennent pour des grandeurs, leurs contraintes serviles.
Pour moy j'ayme les Champs, car j'y voy des beautez
Que l'on ne voit point dans les Villes.

EXPLICATION.

S I c'eſtoit aſſez d'eſtre content, pour eſtre vraye-
ment heureux, noſtre Peintre n'adjouteroit pas
ce Tableaux aux quatre precedents. Mais il nous
declare qu'en celuy-cy, il acheve ce qu'il n'avoit
qu'ébauché dans les autres. Il nous a communiqué
les avantages, & les douceurs que gouſtent les
temperants. Il veut maintenant leur apprendre,
que pour eſtre parfaitement heureux, ils doivent
connoiſtre leur bon-heur ; & le regouſtant, s'il
eſt permis de parler ainſi, par la reflexion, & par
la memoire, faire de cét eſtude, le principal, & le plus aſſidu exercice de
leur vie. C'eſt pourquoy il nous peint un parfait Temperant dans le fond
d'une valée obſcure & ſolitaire. Par ſon action arreſtée & meditante, il nous
témoigne les ſpeculations de ſon ame : & ſemble nous dire qu'examinant ſa
vie paſſée, il tâche de decouvrir dans le fond de ſon cœur, s'il ne s'eſt point
egaré de ce milieu, qu'il s'eſt propoſé, comme le terme de ſes actions ; & ſi
ces meſmes actions reſpondent bien au niveau, par la juſteſſe duquel il a deſſein de les regler. Pour nous autres qui ne ſommes pas dans cét examen, portons nos yeux de tous coſtez, & voyons ſoigneuſement ce qui ſe paſſe au deſſus de luy. Voicy des rochers bien haut élevez : mais ils ſont emportez par
la violence des tonnerres. Voicy des tours d'une exceſſive hauteur : mais le
faîte ſera bien-toſt au deſſous des fondements. Voicy des Pins qui portent in-
ſolemment leurs pointes juſques dans le Ciel : mais ils ſont arrachez par les
racines, & ſervent de but à la colere des vents. Tous ces ſpectacles ſuperbes
& funeſtes, ſont autant d'enſeignemens que la Nature nous donne, pour
nous faire eviter les excez, & pour nous obliger à croire qu'une grande ambition eſt un grand mal ; & que les intemperances d'eſprit ne ſont pas moins
criminelles que celles du corps.

BENE QUI LATUIT BENE VIXIT.

Hor. lib. 2.
Od. 10.

Auream quiſquis mediocritatem
Diligit, tutus caret obſoleti
Sordibus tecti, caret invidenda
    Sobrius aula.

Sæpiùs ventis agitatur ingens
Pinus, & celſæ graviore caſu
Decidunt turres, feriuntque ſummos
    Fulmina montes.

L A

LA VIE CACHE'E EST LA MEILLEURE.

Cesse de te ronger de soins ambitieux ;
Foule aux pieds les Grandeurs qu'en vain tu te proposes,
Vy pauvre, mais content. Ceux là sont presque Dieux,
Qui n'ont besoin d'aucunes choses.

EXPLICATION.

NOSTRE fçavant Deſſignateur emprunte du mal-
heur de quelque Vertu foible, l'inſtruction qu'il
nous veut donner; & tirant de la perte d'un particulier, un advertiſſement capable d'en ſauver
beaucoup, nous veut faire connoiſtre que nous
ne faiſons pas ſi ſouvent naufrage par les grandes
tempeſtes qui trompent noſtre conduite, que par
l'ignorance, avec laquelle nous nous embarquons
ſur une mer qui nous eſt inconnuë. Les apparen-
ces du calme nous oſtent la crainte de l'orage; &
comme au commencement elle nous a rendu temeraires, à la fin elle nous
rend impuiſſans & timides. Le miſerable que vous voyez enſevely tout vivant dans ſon ordure, ne s'eſt pas repreſenté en faiſant la débauche, les incommoditez dont elle eſt ſuivie. Il n'a jugé du vin que par le gouſt; & n'a
penſé ny à la force, ny à la malignité de ſes fumées. Auſſi la teſte fait à bon
droit, la penitence de ſa propre faute; & pour n'avoir pas donné de bons
conſeils, ſouffre la peine qu'elle a meritée. Ne laiſſez pas d'accorder quelque
choſe à l'infirmité de l'homme. Traittez cét Yvrogne plus doucement qu'il
ne devroit eſtre; & le conſiderant comme un nouveau ſoldat, qui pour n'a-
voir pas ſçeu bien combattre, eſt demeuré eſtendu ſur le champ de bataille,
avoüez que s'il ſe fut ſervy de ſes armes, & de ſon cœur, auſſi bien que ſon
Compagnon, il auroit comme luy, triomphé des ennemis, qui luy ont fait
mordre la poudre. Toutes ces figures ne nous repreſentent autre choſe, ſinon,
que la prudence, la ſobrieté, & la vigilance, doivent eſtre inſeparables d'u-
ne ame qui veut monter au Temple de la Vertu.

CRAPULA INGENIUM OFFUSCAT.

Hor. lib. 2.
Satyr. 2.

     —— *quin corpus onuſtum*
Heſternis vitiis animum quoque prægravat una,
Atque affigit humo divinæ particulam auræ.
Alter, ubi dicto citiùs curata ſopori
Membra dedit, vegetus præſcripta ad munia ſurgit.
Hic tamen ad melius poterit tranſcurrere quondam;
Sive diem feſtum rediens advexerit annus,
Seu recreare volet tenuatum corpus; ubique
Accedent anni, & tractari mollius ætas
Imbecilla volet.

LES EXCEZ DE LA BOUCHE SONT LA MORT DE L'AME.

Monſtre que l'on voit touſiours yvre,
Pourceau dont le ventre eſt le Roy :
A tort tu te vantes de vivre,
Ceux qui ſont au tombeau, n'y ſont pas tant que toy.

EXPLI-

EXPLICATION.

I E ne m'arreste pas à vous expliquer les folies, & les déreglemens de ce Tableau. Il faut n'estre pas du monde pour ne les pas connoistre ; & pour n'estre pas persuadé que le bal, le jeu, le vin, & l'amour, sont les plus ordinaires, & les plus delicates liaisons de la conversation civilisée. En celà les Cours ne sont point distinctes des Villes. Les Bourgeois encherissent sur la galanterie des Courtisans. Ils marchent tous également aux débauches, & l'austerité des anciennes meres de familles, s'estant apprivoisée par la galante communication des coquettes, c'est maintenant estre du grand monde, que de voir les filles conduittes par leurs meres vaines & ridicules, en ces Marchez solemnels, où la pudeur & l'honnesteté sont presque aussi rarement données, que souvent elles sont venduës. Mais que ces voluptez ne nous corrompent pas aussi bien que les autres. Si nous ne sommes pas assez magnanimes pour aymer la Vertu, à cause d'elle mesme, au moins soyons prudents ; & l'aymons pour l'amour de nous-mesme. Voyons de quelles incommoditez les voluptez sont suivies. Apprenons ce qui se passe dans le cabinet des débauchez ; & écoutons ce que disent ces Gueux, & ces Malades que nostre Peintre a cachez dans le fond de son Tableau. J'entends leurs plaintes, je voy leurs larmes, & apprends de leur propre bouche, que les douleurs, & la mendicité, qui est la plus grande de toutes, sont les interests épouvantables, que le temps exige de la jeunesse perduë, pour les voluptez pernicieuses, que cét usurier leur a prestées.

VOLUPTATUM USURÆ, MORBI ET MISERIÆ.

Horat.
Lib. 1.
Epist. 2.

Sperne voluptates, nocet empta dolore voluptas.

Aul. Gellius.

Lais Corinthia ob elegantiam venustatemque formæ, grandem pecuniam demerebat: conventusque ad eam ditiorum hominum ex omni Græcia celebres erant: neque admittebatur, nisi qui dabat, quod poposcerat. Ad hanc Demosthenes clanculum adit ; & , ut sibi sui copiam faceret, petit. At Lais μυρίας δραγμὰς ἢ τάλαντον poposcit. Tali petulantiâ mulieris atque pecuniæ magnitudine ictus expavidusque Demosthenes avertit ; & discedens, ὀκ ὠνᾶμαι, inquit, μυρίων δραχμῶς μεταμέλειαν.

QUI ACHETTE LES VOLUPTEZ, ACHETTE UN REPENTIR.

Bale, Masque, Brelande, Yvrogne, fais l'Amour :
Sois tout aux Voluptez, & les possede toutes.
Bien-toft la Pauvreté, la Gravelle ou les Goutes ;
Et mille autres douleurs qui viennent à leur tour ;
Te feront par de longs supplices,
Payer à chaque heure du jour,
Le cruel intereft de tes courtes delices.

K EXPLI-

EXPLICATION.

'A v e z vous pas peut-eſtre remarqué ce que je vay vous dire. C'eſt que la Peinture a cela de commun avec la Poëſie dramatique, qu'en chaque Tableau ; auſſi bien qu'en chaque piéce de Theatre, l'on y doit obſerver l'unité de ſujet. Ne faiſons pas ce tort, je vous prie, à noſtre excellent Peintre, de croire qu'il ait ignoré cette regle fondamentale de ſon art. Il les a toutes connuës, & les a toutes judicieuſement pratiquées. Mais ayant deſſein de nous donner en ce Tableau, une inſtruction toute entiere, il s'eſt volontairement diſpenſé de la ſeverité de ſes loix, afin de joindre des choſes qui eſtoient ſeparées de temps & de lieux ; & par cét artifice, nous montrer comme tout d'une veuë, la cauſe & l'effet de nos incontinences. Vous voyez confuſement l'Europe & l'Aſie ; la Phrygie & la Grece ; Troye & Lacedemone. Ces hommes armez, & combattans, ſont les complices du jeune Prince de Troye, qui tous enſemble ont enlevé cette fameuſe Reine, dont la beauté fut fatale à tous les demy-Dieux de ſon ſiecle. Ces raviſſeurs la portent dans le Vaiſſeau, qui la doit mener à Troye. Mais ſi vous hauſſez les yeux, vous l'y verrez déja arrivée ; & vous la verrez bien diſtinctement, à la lueur des flammes, qui conſument cette ſuperbe & malheureuſe Ville. Permettez moy, s'il vous plaiſt, de faire maintenant une nouvelle reflexion, ſur le ſujet de cette Peinture ; & dire à la gloire de mon Peintre, qu'il a tres-religieuſement obſervé les myſteres de ſon art. Car le raviſſement d'Helene, & l'embraſement de Troye ne ſont qu'une meſme choſe, puiſque Troye commence à brûler dans Sparte meſme ; & que les Troyens ſont condamnez à la ſervitude des Grecs, au meſme inſtant que le voluptueux Alexandre ravit la femme impudique du trop indulgent Menelaus.

SEQUITUR NOCENTES ULTOR DEUS.

Hor. lib. 1.
Epiſt. 2.

Seditione, dolis, ſcelere, atque libidine, & irâ,
Iliacos intra muros peccatur & extra.

Lib 1.
Od. 15.

Paſtor cùm traheret per freta navibus
Idæis Helenam perfidus hoſpitam,
Ingrato celeres obruit otio
   Ventos, ut caneret fera
Nereus fata. Malâ ducis avi domum,
Quam multo repetet Græcia milite,
Conjurata tuas rumpere nuptias,
   Et regnum Priami vetus.

IL N'Y A POINT DE CRIME SANS CHASTIMENT.

Miserables Troyens, par les Dieux immolez
A leurs vengeances legitimes :
N'accusez plus les Grecs, si vous estes brûlez,
Vostre Prince impudique , & l'excez de vos crimes,
Ont allumé le feu qui vous a desolez.

K 2   EXPLI·

E X P L I C A T I O N:

OUS vous souvenez bien, comme je croy, de l'excellente methode, dont se servoient les Romains, pour détourner leurs enfans de ce chemin fatal, que l'abord artificieux de la volupté leur figuroit plein de delices. Plutarque raconte qu'autant de fois que ces grands hommes vouloient donner à ces jeunes gens, horreur de l'yvrognerie, ils avoient accoustumé de faire enyvrer leurs esclaves, & les leur faisoient voir comme noyez dans l'écume, & dans le vin qu'ils avoient rendus. Nous avons trop bonne opinion de nostre Peintre Stoïque, pour croire qu'il ait changé de party ; & qu'il ayt quitté les Galeries de Zenon, pour se jetter sur le fumier de Diogene. Cela n'est pas aussi. Mais il s'est persuadé qu'il ne pouvoit faillir d'imiter la sagesse Romaine, & que pour imprimer bien avant dans les ames l'aversion de ces desbauches, que l'honnesteté ne permet pas de nommer, il devoit les representer, avec toutes les circonstances perilleuses & ridicules, dont elles sont presque toûjours accompagnées. Il joüe donc icy la catastrophe d'une Comedie Italienne. Le Pantalon que tous les destins comiques condamnent à la necessité d'estre toûjours poltron, & toûjours cocu; ayant esté adverti par son valet, que quelque Leandre, ou quelque Lelio est avec sa femme, entre la dague à la main, pour immoler l'un & l'autre, à la memoire de son honneur. Mais Marinette, qui est faite au badinage, n'a pas manqué d'advertir les Amans de la venuë du bon homme. Leandre aussi n'a fait qu'un saut du lit dans un coffre ; & s'est imaginé que le Cocu n'auroit pas le nez assez fin pour se mettre sur ses voyes. La fortune toutefois l'a trompé, car le vieux punais a senty l'odeur de la beste ; & vous le voyez courir à la vengeance, mais en une posture plus propre à faire rire, qu'à faire peur. Isabelle cependant contrefait la desolée ; & reclame les Dieux, ausquels elle ne croit point. Pour le Galant bien qu'il sçache que le Pantalon est une mauvaise lame, il ne laisse pas de se repentir de la dangereuse curiosité, qui luy a donné l'envie de prendre part aux plaisirs d'autruy ; & par de belles remonstrances conjure le Pantalon, de ne point tremper son glaive dans le sang d'un homme plus malheureux que coupable.

IMPROBUS NUMQUAM LIBER EST.

	Quid refert , uri virgis , ferroque necari ?
Hor. lib. 2. Satyr. 7.	*Auctoratus eas : an turpi clausus in arca ,*
	Quò te demisit peccati conscia herilis
	Contractum, genibus tangas caput ?
Lib. 1. Satyr. 2.	—— *pallida lecto*
	Desiliat mulier : miseram se conscia clamet.
	—— *estne marito*
Lib 2. Satyr. 7.	*Matronæ peccantis in ambos justa potestas ?*
	In corruptorem vel justior ?

LE VICE EST UNE SERVITUDE PERPETUELLE.

Voleur d'un bien si cher à son vray possesseur,
Monstre qu'un feu brutal incessament consume:
Confesse au triste objet du glaive punisseur,
Que ton plaisir passé n'a point eu de douceur,
Que ton peril present ne change en amertume.

K 3   EXPLI-

EXPLICATION.

E Pantalon n'avoit pas deſſein, comme vous voyez en ce Tableau, de pardonner l'injure qu'il avoit receuë. Mais ayant pour le moins autant de peur que l'Adultere, il luy a donné le temps de ſe deſembaraſſer de ſon coffre, & de gagner la Campagne. Le voilà qui ſe coule le long de la ruë; & qui ſe rit des menaces que cét homme luy fait ſur le ſeüil de ſa porte. C'eſt aſſez de cette Comedie. Ne nous divertiſſons pas davantage de ces folies criminelles; & reprennant noſtre ſerieux, ſeparons le pur de l'impur. Voyez vous ce débauché, qui a par maniere de dire, le poignard à la gorge? Peut-eſtre vous figurez-vous, qu'eſtant devenu ſage par le peril qu'il a couru, il ſe retire chez luy, avec une ferme reſolution d'abandonner le vice, & de ne courir plus de hazard, que dans les occaſions d'honneur. Nullement. Mais plus inſenſible à ſa propre honte, & à ſon propre danger, que le Lyon ou le Tygre ne l'eſt à la cage, & aux fers, dont il eſt échappé, il paſſe d'un abyſme en l'autre; & va chercher chez un ſecond Pantalon, une ſeconde Iſabelle. Que cette fidelle image de la corruption du ſiecle nous doit ſenſiblement toucher. Certes la vie de la débauche, eſt une vie bien baſſe, bien honteuſe, & bien brutale. Il ne faut pas s'étonner ſi les Sages font tous les jours de ſi grands efforts ſur eux-meſmes, pour ſurmonter de ſi grandes foibleſſes; & ſi pour n'y tomber jamais, ils declarent une guerre ſi ſanglante, & ſi mortelle à la malheureuſe chair, qui toute eſclave & toute dechirée qu'elle eſt, ne laiſſe pas de nous ſolliciter continuellement à des ordures.

IMPROBUS EX SERVITUTE AD SERVITUTEM PRORUIT.

Hor. lib. 2.
Satyr. 7.

Evaſti? credo metues doctuſque cavebis:
Quæres quando iterum paveas, iterumque perire
Poſſis. O toties ſervus! quæ bellua ruptis
Quùm ſemel effugit, reddit ſe prava, catenis?

LE DESBAUCHE' PASSE D'UN CRIME A L'AUTRE.

Qu'un Efprit impudique eft efclave du vice,
Que l'Homme eft malheureux, qui s'y laiffe emporter,
Regarde ce Perdu qui fort du precipice,
Il n'en eft efchappé que pour s'y rejetter.

EXPLI-

EXPLICATION.

E n'eſt pas aſſez de vaincre une partie de nos ennemis. Tant qu'il y en aura en eſtat de nous attaquer, nous ſerons en danger d'eſtre battus. Il faut
donc achever de les deffaire, afin de remporter une
entiere victoire. Je me figure que nous avons pro-
fité des enſeignemens que noſtre Philoſophe nous
a donné. L'Amour, le Jeu, le Vin, ſont poſſible
autant d'ennemis renverſez à nos pieds; mais l'ambition ne l'eſt pas. Cét inſenſé deſir des Tiltres, des
Couronnes, & des richeſſes; nous ronge encore les
entrailles, nous pique l'eſprit, & tâche de triompher de noſtre temperance.
Voyons de quelles armes nous avons beſoin, pour éviter cette honteuſe
deffaite, & nous delivrer d'une ſervitude, qui eſt d'autant plus ignomi-
nieuſe, que les marques que nous en portons, eſtant des marques fort éclattantes, ſont viſibles à tout le monde. Mais il ne faut pas que nous cher-
chions ailleurs l'inſtruction qui nous eſt neceſſaire. Nous la pouvons tirer de
la magnanimité du demy-Dieu, qui eſt peint en ce Tableau. Conſiderons
je vous prie, comme il ſe conduit parmy les tentations de la fortune, &
les appas de l'ambition. Le Peintre nous le repreſente couvert de ſa peau de
Lion, & armé d'une maſſe victorieuſe de tous les monſtres, dont il a eſté
combattu. Il foule aux pieds l'amour des richeſſes; & par la victoire qu'il
a remportée ſur ſes paſſions, doit inſpirer un grand deſir à tous les hommes,
de meſpriſer des biens qui oſtent le ſeul bien de la vie. L'Orient & le Cou-
chant, le Midy & le Septentrion: en un mot, l'un & l'autre monde luy
offrent à l'envy, des Couronnes. Mais il les refuſe, avec plus de generoſité, qu'elles ne luy ſont offertes; & ne pretendant autre gloire, que celle
dont la Vertu le fait éclatter, nous apprend que celuy-là ſeul qui foule aux
pieds les grandeurs, eſt digne de les poſſeder.

QUIS DIVES? QUI NIL CUPIT.

Hor at. lib 2.
Od. 2.

Latius regnes avidum domando
Spiritum, quam ſi Lybiam remotis
Gadibus jungas, & uterque Pœnus
  Serviat uni.

Senec.
Thyest.

Rex eſt, qui poſuit metus,
Et diri mala pectoris:
Quem non ambitio impotens,
Et numquam ſtabilis favor
Vulgi præcipitis movet.
Qui tuto poſitus loco,
Infra ſe videt omnia.

C E-

CELUY-LA SEUL EST RICHE QUI MESPRISE LES RICHESSES.

Peuples de l'un & l'autre *Monde*,
Vous tentez vainement, un homme égal aux Dieux,
Le Globe où vous marchez, est un point à ses yeux :
Et bien loin de regner, sur la Terre ou sur l'Onde,
Il medite un Empire, aussi grand que les Cieux.

L   EXPLI-

EXPLICATION.

OUS avez trop oüy parler du fameux & redoutable Festin, qui est peint en ce Tableau, pour
me persuader que vous en soyez en peine. Neanmoins je ne laisseray pas de vous en entretenir
succinctement, puis qu'estant encore extremement malade de la maladie de la Cour, il est necessaire de vous donner souvent des contrepoi-
sons, contte un si dangereux venin. Mais je vous
traitte trop favorablement, de ne vous considerer
que comme des malades ordinaires. Vostre mal
est surnaturel. Vostre ame en est attaquée aussi bien que vostre corps, &
j'ose dire, sans vous offencer, qu'estant possedez par le demon de l'ambition, vous estes de ces Energumenes infortunez, que les conjurations, &
les exorcismes mesme ne sont pas capables de guerir. Mais vous ne le serez
jamais, si vous ne l'estes par la vertu de l'exemple que je vous propose. Vous
connoissez bien cét ancien Tyran de Syracuse, à sa mine orgueilleuse &
cruelle. Ne vous arrestez donc pas à le considerer; mais tenez les yeux arrestez, sur l'ambitieux Damocles, aussi fixement qu'il a la veüe attachée à la
pointe du fer, qui luy pend sur la teste. S'il n'estoit épouvanté comme il
est, j'aurois bien envie de luy demander s'il se souvient des derniers vœux
qu'il a faits; & s'il gouste bien le superbe & delicieux appareil, pour lequel
il les a faits. Mais il n'a non plus d'oreilles pour nous, qu'il en a pour la
Musique qu'on luy donne. C'est pourquoy je vous conseille de laisser ce timide, & ridicule Courtisan, dans le supplice qu'il a merité; & rire de le
voir à la table d'un Tyran, aussi gesné, que s'il estoit à la torture. Con-
fessez aussi que Denis estoit une habile homme, quoy qu'il fut un méchant
Prince, puis qu'il avoit une si parfaite connoissance de sa condition; & puis
qu'il nous confesse encore aujourd'huy, qu'il a tousjours esté plus malheureux, que ceux-là mesme qu'il a les plus tourmentez; & quoyque le monde insensé se figure, la condition de Bourreau n'est guere moins funeste, que
celle des miserables, qu'il estend sur des roües.

BEATUS ILLE NON EST, CUI SEMPER ALIQUIS TERROR IMPENDIT.

Hor. lib. 3.
Od. 1.

> *Districtus ensis cui super impia*
> *Cervice pendet, non Siculæ dapes*
> *Dulcem elaborabunt saporem:*
>   *Non avium, Cytharæque cantus*
> *Somnum reducent. Somnus agrestium*
> *Lenis virorum, non humiles domos*
>   *Fastidit, umbrosamque ripam,*
>   *Non Zephyris agitata Tempe.*

LA

LA CRAINTE DE LA MORT, EST LA PUNITION DES AMBITIEUX.

Voyez vous ce Tantale au milieu des Festins,
Qui meurt à tous momens pour trop aimer la vie ;
Sçachez, Ambitieux, qu'ayant la mesme envie,
Vous aurez les mesmes destins.

EXPLICATION.

E voy bien l'intention, avec laquelle noftre Peintre a formé le deffein de ce Tableau. Il veut que nous foyons nous-mefmes juges en noftre propre caufe; & que nous confeffions noftre aveuglement, & noftre imprudence; puifque tous ce que nous fommes, nous cherchons noftre repos, où jamais perfonne ne l'a trouvé. Les uns fe font imaginez, que l'abondance, & les richeffes ne font defirées, qu'à caufe des aifes, & des contentements qu'elles donnent à leurs poffeffeurs. Les autres ont cru que les grandes fortunes eftoient trop hautes, & trop refpectées, pour apprehender ces petits demons familiers, qui fous le nom de foucis & d'inquietudes, tuent les corps, & empoifonnent les ames. Mais le Tableau que nous regardons, eft une belle & convainquante refutation de toutes ces erreurs; & tout enfemble, un excellent remede pour guerir les Ambitieux. Confiderez-le avec prefence d'efprit, & vous y verrez comme entaffez les uns fur les autres; tous les biens dans lefquels chaque homme croit rencontrer, ce que tous defirent également. Voicy l'un des Cefars affis dans un Trône, d'où il regne fur tout le monde. Il eft victorieux de mille peuples, chargé de mille lauriers, riche des dépoüilles de l'Orient, & du Midy; enfin adoré des peuples les plus éloignez de l'Italie. Il eft cependant fi perfecuté des bourreaux fecrets, qui font infeparables des grandes fortunes, qu'il ne confidere tous les avantages qu'elles luy donnent, que comme autant de cruels, & irreconciliables ennemis, qui fuccedent les uns aux autres, pour remettre le fer de moment en moment, dans fes playes toutes fanglantes. Ce n'eft pas auffi connoiftre l'excellence de la nature de l'homme, que de croire que fon bon-heur foit attaché à des chofes qui dependent du caprice, & de la brutalité d'un monftre qui a mille teftes; & ne pas avoüer avec noftre Sage, que les foucis, les foubçons, & les craintes, font les plus affidus, comme les plus importuns Courtifans, qui font la foule dans le Cabinet des Princes.

NECESSE EST UT MULTOS TIMEAT, QUEM MULTI TIMENT.

Hor. lib. 2.
Od. 16.

Non enim gazæ, neque confularis
Summovet lictor miferos tumultus
Mentis, & curas laqueata circum
Tecta volanteis.

Lib. 1.
Epift. 2.

Non domus & fundus, non æris acervus & auri,
Ægroto domini deduxit corpore febreis,
Non animo curas : valeat poffeffor oportet,
Si comportatis rebus bene cogitat uti.

L A

LA CRAINTE EST LA COMPAGNE DE LA PUISSANCE.

Ces Gardes aux Casaques peintes,
Dont les Rois sont environnez ;
Ne les deffendent point des craintes,
A quoy Dieu les a condamnez.
C'est en vain qu'ils osent se plaindre,
D'un Arrest si juste & si doux :
Celuy qui se fait craindre à tous,
Doit estre reduit à tout craindre.

L 3

EXPLI-

EXPLICATION.

ETTE Peinture n'eſt que l'explication d'une pen-
ſée du plus inſtructif, & du plus moral des Poëtes
Latins: Pour nous montrer qu'il n'y a point de
condition où l'homme trouve ſon repos. Il nous
propoſe certaines perſonnes, dont les unes cher-
chent leur element dans la licence de la Guerre,
& les autres dans cette vie oiſive & pareſſeuſe,
qui compoſe la felicité des Matelots. Le Peintre
nous repreſente aprés luy des Soldats à pied & à
cheval, armez pour l'attaque, & pour la deffen-
ce; & neanmoins il nous les figure tellement frappez de terreurs paniques,
& ſi puiſſamment combattus d'ennemis inviſibles, que bien qu'ils fuyent à
toute bride, ils deſeſperent toutefois de pouvoir échapper au fer qui les
pourſuit. Les bleſſures, la ſervitude, & la mort; enfin tout ce qu'on ſe
figure de plus effroyable, dans une condition extraordinairement malheureuſe, ſe preſente à leur imagination; & par le redoublement de leurs craintes, leur fait payer avec uſure, la fauſſe joye qu'ils ont gouſtée dans l'impunité de leurs crimes. Ce n'eſt pas aſſez d'avoir vû ces malheureux. Voyons-
en d'autres; que la folle curioſité de paſſer d'un Monde à l'autre, ou l'inſa-
tiable avidité des richeſſes, ont fait inconſiderement embarquer ſur l'Ocean.
A peine ont ils perdu la terre de veuë, & découvert les premiers ſignes de
la tempeſte qui ſe forme, qu'ils ſe repentent d'avoir cru leurs mauvais con-
ſeillers; & ſe trouvent environnez de ſoucis bien plus cuiſans, & d'appre-
henſions bien plus vives, que n'eſtoient les incommoditez qui les ont
chaſſez de leurs maiſons.

CURÆ INEVITABILES.

Horat lib 2.
Od 16.

Scandit æratas vitioſa naveis
Cura: nec turmas equitum relinquit,
Ocyor cervis, & agente nimbos
Ocyor Euro.

―― *timor & minæ*
Lib. 3.
Od. 1.
Scandunt eô.lem quo dominus: neque
Decedit æratâ triremi, &
Poſt equitem ſedet atra cura.

PAR TOUT LE SOUCY NOUS ACCOMPAGNE.

Jette toy dans la Cour ; Entre dans les affaires :
Monte sur l'Ocean ; Cours les deux Hemispheres ;
Demeure en l'autre monde ; Habite celuy-cy ;
Suy les arts de la Paix ; ou l'horreur de la Guerre :
Tant que tu vivras sur la Terre ,
Tu ne peux vivre qu'en soucy.

EXPLI-

EXPLICATION.

'ENTENDS vos murmures fecrets ; & voy bien à vos actions, que vos fentimens ne font pas tous-jours d'accord avec la Philofophie. Vous avoüez avec elle, que la Cour, que les richeffes, & que les conditions eminentes font accompagnées de grandes inquietudes. Mais vous voulez aufli, qu'elle confeffe, que la pauvreté eft un grand mal ; & que chagrin pour chagrin, foucy pour foucy, fupplice pour fupplice, l'abondance eft incomparablement plus fupportable que la mifere.
Noftre Peintre a prevenu vos objections ; & pour vous le témoigner, il reprefente en ce Tableau, toute la rage & toute la tyrannie de la pauvreté. Mais ce n'eft pas de la pauvreté illuftre, de la pauvreté volontaire, de la pauvreté heroïque. Cette pauvreté barbare & inhumaine qu'il nous peint, eft une pauvreté populaire, une pauvreté forcée ; enfin une pauvreté lâche, infame, & corrompuë, qui n'a autre pere que le crime, ny autre objet que le mal. En effet fi cette enragée rencontre une ame foible, une ame timide, une ame ignorante, il faut avoüer qu'elle exerce d'eftranges fupplices fur elle ; & quand une fois, elle s'en eft renduë maiftreffe, elle devient la plus cruelle des Furies, & luy tient tousjours devant les yeux fes foüets, & fes ferpents, pour luy imprimer le defefpoir. Si cette mifera-ble poffedée refifte à cette tentation, elle la fait fuccomber fous une au-tre. Elle luy commande imperieufement de tout faire, & de tout fouffrir. Elle la contraint de fe jetter les yeux fermez, dans les precipices qu'elle luy prefente. Elle efface peu à peu le caractere divin, que l'homme por-te fur le front. Elle luy arrache les fentimens d'honneur, & de vertu, que la nature luy a gravez dans le cœur ; & l'ayant detourné du penible chemin, par lequel on monte aux Temples de ces deux Divinitez, elle luy defend mefme de hauffer les yeux vers la cime de la montagne, où elles font adorées.

PAUPERIES NON TEMNENDA.

——— *improbis*

Horat lib. 3.
Od. 24.

Magnum pauperies opprobrium, jubet
Quidvis & facere, & pati :
Virtutifque viam deferit arduæ.

Senec. Con-
fol. ad Hel-
viam.

  In paupertate nihil mali effe, quifquis modo nondum pervenit
in infaniam omnia fubvertentis avaritiæ, atque luxuriæ, intelli-
git.

L A

LA PAUVRETE' EST PLUSTOST BIEN QUE MAL.

La Pauvreté n'eſt pas indifferante,
Zenon a tort de la mettre en ce rang.
Par ſa vertu, l'ame la moins puiſſante,
Peut triompher de la chair & du ſang.

M   EXPLI-

EXPLICATION.

E voy bien que mes raisons sont capables de vous vaincre, mais qu'elles ne le sont pas de vous persua-der. Vous n'avez rien à repartir, & toutefois vous n'estes pas satisfaits. Voicy nostre Peintre qui vient à vostre secours. Il nous presente un Tableau, qui semble parler en vostre faveur; & nous montre jus-qu'à quelle honteuse servitude, l'homme est reduit par la rigueur de la pauvreté. A n'en mentir point, cét objet est une puissante raison, pour porter les esprits à la recherche des biens de la terre. Mais ne triomphez pas de la confession qui m'est échappée. Vous ne conserverez gueres l'avantage qu'elle vous donne. Qui pensez-vous, je vous prie, que soit cét infame, qui pour un bien imaginaire vend son honneur, sa con-science, & sa liberté? C'est un de ces miserables aveugles volontaires, qui par une lache & brutale intemperance, deshonorent la pauvreté; & qui font une esclave, une caimande, une prostituée, de celle dont les Philosophes, ont fait une Reyne, une Conquerante, une Sainte. Le Ciel aussi qui s'est tousiours declaré pour elle, ne laisse pas long-temps cét ennemy de la Vertu, dans l'impunité de ses crimes. Le Tableau que nous regardons, est tout plein des supplices, dont il est diversement tourmenté; & vous voyez que ceux la mesmes qu'il a choisis pour ses Protecteurs, deviennent ses Tyrans, & ses Bourreaux. En effet pour ce qu'il ne peut supporter une condition qui l'approche bien prés des Dieux, il tient à honte ce dont les Philosophes, & les Heros ont fait toute leur gloire; & prostituë tantost sa liberté, & tantost sa vie, pour se deffaire d'un bien qui doit estre acquis, aux despens de la li-berté mesme, & de la vie. Mais detournez les yeux de cét objet indigne de vostre compassion, & regardez ce Riche insolent qui s'est fait une monture du miserable, qui le croit plus heureux que luy. C'est une furie vangeresse, que la justice du Ciel a inseparablement attachée à ce grand coupáble, pour luy faire sentir combien est horrible, & combien digne de punition, cette basses-se d'ame, qui le rend esclave des richesses.

PAUPERTATIS METUS VIRTUTI SEMPER NOXIUS.

Hor. lib. 1.
Epist. 10.

Sic qui pauperiem veritus, potiore metallis
Libertate caret, dominum vehet improbus, atque
Serviet æternùm, quia parvo nesciet uti.

Menand.

Paupertatem ferre non omnis, sed viri sapientis.

LA PAUVRETE' NE NUIT PAS TOUSJOURS A LA VERTU.

Riche infame, il est vray, les Estoiles ingrates
T'ont fait Tyran du Pauvre, & l'ont mis sous ta loy.
Mais s'il est magnanime, il est plus grand que toy;
Et tel que fut Cesar au milieu des Pirates,
Bien qu'il soit ton Esclave, il te commande en Roy.

M 2   EXPLI-

EXPLICATION.

E Tableau devant lequel vous vous arreftez, a efté mis
enfuite du precedent, pour combattre mes raifons,
& mes exemples. Auffi me le montrez-vous pour ta-
cher de me convaincre, & me faire changer d'opinion.
A la verité cette Affemblée me furprend ; & l'Idolatrie
qui s'y exerce, me met prefque en colere contre la Vertu que j'ay tant deffenduë. Je vois icy un mélange épouvantable de chofes faintes & prophanes. Je voy le Demon eftropié des richeffes, affis fur le thrône, où doit
regner la Pauvreté heroïque. Mais ce qui m'épouvante
le plus, c'eft que je voy que la Sageffe elle-mefme, ploye
les genoux devant ce monftre ; & que la Religion détrui-
fant fon ufage tout fpirituel, employe fes Autels & fon Encens à l'adoration des Idoles. La Renommée, la Liberté, la Nobleffe, & l'Honneur, font du nombre de fes
Adorateurs. Mais leur lâcheté ne me met pas en peine. Ce font quatre Mercenaires,
qui ont couftume de fe proftituer pour un peu d'intereft ; & qui fe vendent à vil prix,
toutes les fois qu'ils rencontrent des Acheteurs. Quiconque a de l'argent, trouvera cent
Poëtes, qui le porteront jufqu'à la table des Dieux ; & autant de Genealogiftes, qui
indifferemment le feront defcendre de Priam ou d'Agamemnon : des Æacides, ou
des Cefars. Mais que la Sageffe, & la Pieté fe foient abaiffées jufqu'à l'adoration du Vice, c'eft un prodige qui peut eftre mis au nombre de ceux, dont l'imagination trop
audacieufe des Peintres & des Poëtes, peuple tous les jours leur monde fabuleux. Je
ne puis toutefois me perfuader, que dans une matiere fi ferieufe, noftre Peintre qui
eft fi fage, ait voulu abufer de fa Philofophie, & fe difpenfer de fon ordinaire feverité. En effet je reconnois le fecret de fon ame, dans les lineamens de fa Peinture.
Cette Vertu qu'il peint à genoux, n'eft pas la veritable Vertu qu'il adore. C'eft cette
fauffe & pernicieufe Vertu, qui trompe les fimples, qui mefle les fourbes. & les trom-
peurs à la focieté des gens de bien ; & qui fe tenant fur les levres des méchans, leur
eft un mafque fubtil & charmant, qui les fait toujours prendre pour ce qu'ils ne font
pas. J'en dis autant de la Pieté qui l'accompagne. C'eft l'hypocrifie, qui eftant comme vous fçavez, toute impofture, & toute ambition, fe couvre perpetuellement
du manteau de la Pieté, pour abufer les Innocens, & leur couper la bourfe. Celà
eftant, comme il eft, ne devez vous pas avoüer, que je n'ay point fujet de me
rendre, puis que tous ceux qui font armez contre moy, je veux dire, contre la Verité que je deffends, font ces mefmes monftres, que dé-jà tant de fois vous m'avez
vû fouler aux pieds. Confeffez donc ingenuëment, que ce Tableau ne donne aucun
avantage aux avares ny aux ambitieux, puifque nous ne voyons que des vices cachez, ou des vices decouverts, s'abaiffer devant l'Idole des richeffes.

PECUNIÆ OBEDIUNT OMNIA.

Hor. lib. 2.
Satyr. 3.

                 —— *Omnis enim res*,
Virtus, *fama*, *decus*, *divina humanaque pulchris*
Divitiis parent: quas qui conftruxerit, *ille*
Clarus erit, *fortis*, *juftus*, *fapiens etiam*, *& Rex* ;
Et quidquid volet. Hoc, *veluti virtute paratum*,
Speravit magnæ laudi fore.

TOUT CEDE AU DEMON DES RICHESSES.

Monstre de qui le front est ceint d'un diadesme,
Corrupteur des esprits, fier Tyran des Mortels !
Qui peut te resister? puisque la Vertu mesme
Oubliant ce qu'elle est, t'éleve des Autels.

EXPLICATION.

Royez vous que ce Tableau soit une nouvelle refutation des Veritez que j'ay defenduës ? Si vous estes de cette opinion, vous estes extremement abusez ; car au lieu d'en tirer avantage, vous allez voir que les Richesses n'ont jamais eu le privilege de rendre illustres, ceux qui les possedent, ou pour parler plus regulierement, ceux qui en sont possedez. Je ne veux que vous faire la description du principal Personnage de cette Peinture ; afin que vous demeuriez d'accord, que malgré toutes ses richesses mal acquises, c'est un monstre qui a beaucoup plus de la beste que de l'homme ; & qui sans l'offencer n'est qu'un Sot, encore qu'en la posture où il est, il contrefasse l'homme d'importance, & passe pour tel parmy les flateurs qui l'environnent. Vous voyez Venus, les Graces, l'Amour, & l'Eloquence, qui par leurs cajoleries, & par leurs fausses loüanges, persuadent à ce Camus, à ce Punais, à ce Singe qui parle, qu'il n'y a rien de beau, ny de grand, où avec justice, il n'ait raison de pretendre. Mais vous sçavez que ce sont des fourbes & des railleuses, qui ont coustume de se divertir aux despens des sots ; & qui pour se mocquer adroittement de la vanité de celuy-cy, en feignant de luy presenter la couronne de la galanterie, le coiffent de celle qu'il a meritée. Regardez à sa main gauche, cette trouppe de Matrones hypocrites, d'Escrivains mercenaires, & d'autres semblables affronteurs. Ils le traittent de Caton & de Fabrice. Ils l'élevent plus haut que les Cedres du Liban ; & le font sortir d'une tige plus ancienne & plus fameuse, que celle des Chesnes de Dodone. Sçavez-vous pourquoy tout celà se fait ? C'est pour luy faire prendre pour femme une belle & jeune Gallante, qui a besoin de son argent, pour faire éclatter ses charmes, & enrichir d'honnestes gens incommodez. Ce Squelete animé, mesurant son merite à la hauteur de ses sacs & de ses coffres, se croit homme de bonne mine & de qualité ; & soûriant impertinemment à cette jeune merveille, luy promet, que pourveu qu'elle sçache connoistre le bon-heur que sa vertu luy a procuré, il ne luy refusera pas l'honneur de son alliance. Mais ce qui est plaisant en cette rencontre, c'est que l'Usurier se figure qu'il n'y a rien au monde qui le vaille, & par consequent, qu'il est asuré d'estre tout seul le possesseur de sa femme. Cependant, déjà toute la Jeunesse de la Ville se poudre, se frise, se pare, & fait mille parties, pour luy affermir sur la teste, la couronne que Venus luy a si liberalement donnée. Aussi, ne sera-ce pas une petite merveille, s'il se trouve un seul jour de distance, entre son mariage, & son infamie.

PECUNIA DONAT OMNIA.

Lib.1. Ep 6.   *Scilicet uxorem, cum dote ; fidemque & amicos ;*
Et genus, & formam regina Pecunia donat,
Ac benè nummatum decorat Suadela, Venusque.

SI TERSITE EST RICHE, ON LE PREND POUR ACHILLE.

O! que tu fais d'outrage aux Vertus heroïques,
Dont si fauſſement tu te piques :
Homme ſans honneur & ſans foy.
Tu flattes lâchement un infame Tantale ;
Et le cœur embrazé d'une flame brutale,
Tu fais de ſon argent, ton Idole & ton Roy.

E X P L I.

E X P L I C A T I O N.

OICY le premier des crimes importants, où nous fait tomber l'aveugle passion des richesses. D'abord qu'un homme en est possedé, il perd cette grandeur d'ame avec laquelle il est né; & se precipitant de cette haute élevation, dans tout ce qu'il y a de plus bas & de plus infame en la vie, il renonce publiquement à la vertu, & par consequent, à tous les avantages qu'il avoit receus de la liberalité de la Nature. Si vous estudiez bien ce Tableau, c'est ce qu'il pretend de vous enseigner.

Ce jeune courage, qui poussé par les mouvemens de la Grace & de la Nature, vouloit marcher sur les pas d'un Alcide; & comme luy, monter au Temple de la Vertu, est à peine entré dans un si penible sentier, qu'à l'objet des richesses que le vice luy presente, il se trouble: il s'arreste: il consulte: il se repent de sa genereuse resolution: il tourne le dos à la Vertu; & ayant abandonné laschement les armes qu'elle luy avoit données, se met avec ses semblables, à faire cas de choses qui à proprement parler, au lieu d'estre les derniers efforts, & les chef d'œuvres de la Nature, comme les Avares se sont persuadez, n'en sont que les excremens & les parties honteuses.

PECUNIA A BONO ET HONESTO ABSTRAHIT.

Hor. lib. 1.
Epist. 16.

Perdidit arma, locum virtutis deseruit, qui
Semper in augenda festinat, & obruitur re.

Lib 1.
Satyr. 3.

Nimirum insanus paucis videatur, eo quòd
Maxima pars hominum morbo jactatur eodem.

Lib. 1. Sa-
tyr. 4.

——*Quemvis media erue turba,*
Aut ob avaritiam, aut miserâ ambitione laborat:

LE DESIR DES BIENS EST CONTRAIRE AUX CHOSES HONESTES.

Homme avare & brutal, pourquoy murmures tu
  Contre la supreme Sagesse?
Il n'en faut point douter, l'amour de la Richesse,
  Est la haine de la Vertu.

N   EXPLI-

EXPLICATION.

 I vous eftes auffi fenfuels que voftre âge & voftre mine veulent me le perfuader, je ne doute point que vous ne trouviez en ce Tableau, un grand fujet d'aimer les richeffes. Le Peintre y fait éclatter tout ce que l'Or a de charmes; & la Fable qu'il reprefente, eft un grand exemple, ou de la force de ce metal, ou de la foibleffe des femmes. La beauté que vous voyez voluptueufement couchée fur ce lict, eft cette fameufe Princeffe, que la jaloufie de fon pere enferma dans une Tour d'Airain; & fit garder par tout ce qu'il avoit d'hommes vaillans & incorruptibles. Cependant ces demy-Heros, ces cœurs de Lyon, ces ames incapables de lâcheté, qui deffioient les Cieux & les Enfers, & qui demandoient tous les jours, qu'il fe prefentaft une occafion où ils peuffent témoigner à leur Prince leur valeur & leur foy, font éblouïs au premier éclat de l'Or qui brille fur leurs teftes; & pour le poffeder, ils oublient leurs promeffes, & abandonnent leur honneur & leurs armes. Toute leur fidelité eft corrompuë par ce dangereux metal. Ils trahiffent auffi l'attente & la deftinée de leur Prince; & livrent à la mercy du corrupteur, la proye que fans fon or, il auroit vainement pourfuivie. La fragile Danaé n'a pas plus de vertu que fes Gardes. Elle prend plaifir à voir tomber fur elle des gouttes d'une pluye fi precieufe; & l'innocente qu'elle eft, fe découvrant toute pour eftre rafraichie d'une fi douce rofée, ne s'apperçoit pas de la perfidie qu'elle exerce contre foy-mefme. Mais il ne nous ferviroit de rien de luy donner cét advis. Elle a dé jà receu le prix de fon honneur. Il faut par confequent qu'elle livre ce qu'elle a vendu; & que fon artificieux Amant qui s'eft coulé dans fon lict avec fon or, entre en poffeffion de ce qu'il a fi bien achepté.

QUID NON AURO PERVIUM.

Horat lib 3.
Od. 16.

> *Inclufam Danaën turris ahenea,*
> *Robuftæque fores, & vigilum canum*
>   *Trifles excubiæ munierant fatis*
>   *Nocturnis ab adulteris:*
> *Si non Acrifium, virginis abditæ*
> *Cuftodem pavidum, Jupiter & Venus*
>   *Rififfent, fore enim tutum iter, & patens,*
>   *Converfo in pretium Deo.*
> *Aurum per medios ire fatellites,*
> *Et perrumpere amat faxa, potentius*
>   *Ictu fulmineo.*

L'AR-

L'ARGENT CORROMPT TOUT.

Beauté qui mets nos cœurs en cendre,
Et qui mesme des Dieux, fais tes adorateurs,
L'Or est le Roy des Enchanteurs,
Ton cœur tout fier qu'il est, ne sçauroit s'en deffendre;
Et s'il trouve des acheteurs;
Il n'a rien qui ne soit à vendre.

N 2   EXPLI-

EXPLICATION.

A complaisance pour peu que vous la sollicitiez, est assez vaste & assez facile, pour prendre vostre party, contre mes propres sentimens. Afin donc de vous tesmoigner combien je suis accommodant, je vous confesseray, si vous m'en priez, que les richesses donnent de la mine à un faquin, & font au moins, qu'en apparence un Sot a quelque chose d'un honneste homme. Mais n'exigez pas davantage de ma naturelle facilité. Car si j'allois plus avant, je serois contraint de me démentir moy-mesme ; & vous expliquant le Tableau devant lequel nous sommes arrestez, ruiner entierement les agreables illusions dont ma complaisance vous a flattez. Ne voyez vous pas que la Fortune, qui pour faire enrager les gens d'honneur, prend plaisir à voir les sages dans la bouë, & les sots sur la pourpre, n'a pû toutesfois si bien déguiser le Singe qu'elle a couronné, qu'au travers des ornemens & des voiles dont elle l'a couvert, il ne paroisse tousiours ce que la nature l'a fait. Tirez de là cette consequence necessaire, qu'un sot est tousiours un sot ; & que plus un homme mal-fait est paré, & plus ses difformitez se connoissent. Vous me direz que je ne vous tiens pas parole, & qu'à l'entrée de ce discours, je vous promettois plus de condescendance. Il ne tient pas à moy. Mais je ne puis. La force de la raison m'emporte, & bien que je sois fort amy de mes amis, je le suis encore plus de la verité.

FORTUNA NON MUTAT GENUS.

Hor. lib. 1. Epist. 10.	*Naturam expellas furcâ, tamen usque recurret,* *Et mala perrumpet furtim fastigia victrix.*
Lampson.	*Cæca fove indignos Fors, ut lubet, at tua dona,* *Simia ne maneat simia, non facient.*
Senec. de vit beat.	*Non faciunt equum meliorem aurei fræni : neque hominem præstantiorem fortunæ ornamenta.*

LA FORTUNE NE FAIT POINT LE MERITE.

Mange deſſous un dais, Dors dedans un baluſtre,
Sois fils de mille Rois, & petit fils des Dieux ;
Si tu n'as la vertu qui les mit dans les Cieux,
    Tu ne feras qu'un ſot Illuſtre.

EXPLICATION.

S I la perte de la Vertu n'avoit point de suittes dangereu-ses, je ne doute pas que la plusspart des hommes estant lâches & insensible comme ils sont, ne fussent aisément consolez de sa perte. Mais estant reduits à la deplora-ble necessité de souffrir tous les maux qui accompagnent le crime, au mesme instant qu'ils ont abandonné la Vertu ; je m'estonne comme leur propre interest ne les oblige point à faire quelques efforts pour tâcher de se la conserver. Il est vray que le Ciel a resolu que les ames basses soient tousjours mal-heureuses. Il faut donc que leur destin s'accomplisse. En voicy deux qui pour s'enrichir, n'ont apprehendé ny les dangers de la Terre, ny ceux de la Mer ; & qui pour assouvir leur insatiable avidité, ont violé également les Loix divines & humaines. Ne refusez pas je vous prie la grace que je vous demande. Considerez avec moy, quels sont les fruicts de tant de travaux & de tant de peies. A la verité, ces personnes sont illustres par leurs grands biens. Leur ville est ornée des Palais qu'ils y ont fait bastir. Les plai-nes les plus vastes, ne font qu'une partie de leur domaine. Les montagnes & les vallons les reconnoissent pour Seigneurs. La Mer gemit sous le nombre des Vais-seaux qu'ils envoyent d'un monde à l'autre. Voilà des choses qui paroissent fort éclattantes & fort belles. Mais elles le paroissent seulement, & ne le sont pas en ef-fet. Ces riches miserables, n'ont repos ny nuit ny jour. Leurs veilles sont trou-blées de mille fascheux messages ; & leurs sommeils de peu de durée, sont traver-sez par des songes & par des phantosmes épouvantables. Aujourd'huy ils craignent le débordement d'une riviere. Demain la grefle leur donne l'alarme. Le tonnerre ne sçauroit gronder, qu'ils ne tremblent, non de peur d'en estre frappez, mais de l'apprehension que leurs moissons n'en soient renversées. Au seul nom de banque-route ils palissent ; & se persuadent qu'il n'y a pas un Courtier de Change qui ne soit un voleur déguisé. S'ils osoient restablir l'adoration des Idoles, ils seroient de bon cœur des sacrifices à Neptune & aux Vents, pour en obtenir le salut de leurs Vaisseaux ; & adjoustant le sacrilege à l'usure, interesseroient, s'il leur estoit pos-sible, Dieu mesme dans la conservation de leurs biens mal acquis. Pouvez-vous maintenant appeller ces gens, grands, illustres, heureux. Si vous le faites, vous n'estes pas du sentiment d'un homme qui a pû donner jalousie au grand Alexandre. Vous le voyez dans son tonneau, sans inquietude, sans crainte & sans douleur, pour ce qu'il est sans richesse. Il se mocque des fous, qui se desesperent de leurs pertes ; & se vante d'estre veritablement grand Seigneur, puisqu'il est au dessus des choses que le monde estime les plus grandes.

ANXIA DIVITIARUM CURA.

Hor. lib. 3.
Od. 1.

Desiderantem quod satis est, neque
Tumultuosum sollicitat mare :
 Nec sævus Arcturi cadentis
  Impetus, aut orientis Hædi :
Non verberatæ grandine vineæ,
Fundusque mendax : arbore nunc aquas
 Culpante, nunc torrentia agros
  Sidera, nunc hyemes iniquas.

L' A-

L'AMOUR DES BIENS EST UN SUPPLICE QUI NE FINIT POINT.

Confulte , *Ambitieux* , *ce que tu vois icy;*
Et ton cœur aura fait une excellente eftude.
Le Pauvre vertueux vit fans inquietude;
Et le Riche méchant n'eft jamais fans foucy.

EXPLI-

EXPLICATION.

OMME si ce n'estoit pas assez des craintes & des soins dont les Avares sont tourmentez, toutes les fois qu'ils hasardent leurs biens, il le sont encore des demons familiers qui habitent leurs Cabinets & leurs Coffres ; & qui les tiennent continuellement dans l'apprehension de perdre l'argent qu'ils ont enfermé sous cent clefs. Ces miserables passent d'une inquietude à l'autre ; & d'un trouble estranger à un trouble domestique. Les voicy representez aprés nature, en la personne de ce vieil Usurier. Il tient d'une main les bordereaux & les registres de l'argent qu'on luy rapporte, avec les interests à cent pour cent ; & à l'instant mesme qu'il le reçoit, il est interieurement persecuté de la crainte d'estre volé. Il regarde ses propres enfans comme autant de Harpies qui veillent pour luy devorer avec son Or son bon-heur imaginaire. Il interprete leurs services & leurs demonstrations d'amitié, à des amorces & des pieges, où ils ont fait dessein de le prendre. Ses serviteurs n'ont esté admis au ministere de ses thresors, qu'aprés qu'ils ont esté soufmis à toutes les épreuves qu'il a desirées. Cependant, quoy qu'il soit asseuré du respect des uns, & de la fidelité des autres, il pâlit, il tremble ; il se desespere. Ses yeux, ses pieds, ses mains, & ses soubçons, sont d'assidus, mais d'infideles Epies, qui errant de chambre en chambre, & de coffre en coffre, luy donnent jour & nuit de fausses & cruelles allarmes.

GRANDE AVARITIÆ MALUM.

Horat. lib. 3.
Od. 16.

Crescentem sequitur cura pecuniam,
Majorumque fames.

Juvenal. Sat.
4.

Interea pleno cum turget sacculus ore,
Crescit amor nummi quantum ipsa pecunia crescit,
Et minus hanc optat qui non habet.

LE

L'AVARICE EST UN GRAND MAL.

Cét Avare aux levres déteintes,
Met son bon-heur en son argeant ;
Cependant le chagrin luy donne mill' atteintes ;
Et comme un fier Vautour ses entrailles rongeant :
Il meurt cent fois le jour, de soupçons & de craintes.

O EXPLI-

EXPLICATION.

'E s t un grand mal-heur que d'estre eternellement dans la crainte & dans l'inquietude. Mais
pour comble de mal-heur, & pour le dernier châ-
timent des crimes de l'homme avare, il arrive
quelquefois qu'il devient insensible à ce qu'il souffre ; & que comme un homme letargique est
d'autant plus perilleusement malade qu'il n'a plus
de sentiment de son mal. L'homme qui semble
se reposer dans ce Tableau, est un épouventable
exemple de ces punitions divines. Il a l'ame & les
yeux tellement attachez sur son argent ; & est si extraordinairement frappé de l'insensibilité de son mal, qu'il n'a plus d'oreilles pour oüir, ny de
yeux pour voir les horribles supplices que le Ciel & la Terre luy preparent.
Tantost son bon Genie luy découvre le fer sanglant des Voleurs qui le doivent égorger. Tantost il luy montre les chaisnes que luy preparent les Cor-
saires qui sont en mer, pour s'enrichir de ses dépoüilles. Tantost il luy presente les écueils qui sont cachez sous les ondes ; & tantost il assemble tous les
vents, & leur fait exciter des tempestes capables d'effrayer les Monstres mesmes de la Mer. Cependant, ce faux Philosophe demeure immobile parmy
tant de spectacles d'horreur ; & son avarice luy promettant une victoire generale sur tant de differens ennemis, il va au travers du fer & des flammes,
assouvir l'execrable passion qui le devore.

NIHIL AURI CUPIDUM REFRÆNAT.

Horat. lib. 1.
Satyr. 1.

———— *Quum te neque fervidus æstus*
Demoveat lucro , neque hyems, ignis , mare , ferrum ,
Nil obstet tibi , dum ne fit te ditior alter :
Sic festinanti semper locupletior obstat.
Ut cum carceribus missos rapit ungula currus ,
Instat equis auriga , suos vincentibus , illum
Præteritum temnens extremos inter euntem.
Inde fit , ut raro, qui se vixisse beatum
Dicat , & exacto contentus tempore vitæ
Cedat , uti conviva satur reperire queamus.

L' A-

L'AVARE CRAINT TOUT, ET NE CRAINT RIEN.

Ce vieux *Avare* à tous momens,
Souffre mille divers tourmens.
Il craint les Elemens, les Demons, & les Hommes.
Il croit mal-assuré, ce qu'il a dans les mains,
Et cependant misérables Humains !
Voilà ce qui nous plaist ; voilà ce que nous sommes.

O 2   EXPLI-

EXPLICATION.

E trouvez pas mauvais que noſtre Peintre ait ad-jouſté ces maledictions à celles qui ſont dé-jà tom-bées ſur les Avares. Il repreſente ces miſerables, ſouffrant le plus horrible ſupplice dont le juſte diſpenſateur des choſes a de couſtume de punir ces voleurs, que les Loix civiles ont tousjours condamnez & tousjours laiſſé vivre impunis. C'eſt la faim renaiſſante, & l'inſatiabilité prodi-gieuſe qui les devore. Ils ne pouvoient eſtre mieux figurez que par le pourtrait d'un Hydropique. Les débauches & la gloutonnerie de ce brutal luy ayant gaſté les parties qui ſervent à la fabrique du ſang; & par conſequent à la conſervation de ſa ſanté; il eſt juſtement chaſtié par les meſmes parties qu'il a injuſtement offencées. Il ſçait que ſon eſtomac n'a plus de chaleur, qui ne ſoit à demy étouffée; que ſon foye n'eſt plus capable de ſes fonctions; & que tout ce qu'il prend ſe convertit en ſeroſitez mortelles. Cependant le mal-heureux qu'il eſt, il eſt brûlé d'un feu domeſtique qui ne peut eſtre eſteint; & croit qu'à force de boire il recevra quelque ſoulagement. Il boit donc, & plus il boit, & plus s'accroit le deſir de boire. Le corps luy enfle juſques aux extremitez des pieds & des mains. L'eau luy regorge preſque par la bouche; & neanmoins il eſt tousjours alteré. Il reprend auſſi le verre, & boit ſa mort, avec l'eau qui rend ſon mal incurable. Faites l'application de cette ſimilitude. Conſiderez l'Avare, comme nous avons conſideré l'Hydropique; & vous verrez ou qu'ils ſont malades d'une ſemblable maladie, ou que s'il y a quelque differen-ce, c'eſt que l'Hydropique n'eſt pas ſi cruellement puny de ſes deſordres, que l'Avare l'eſt de ſes déreglemens. Car l'Hydropique ne languit que deux ou trois ans au plus; & l'Avare eſt des trente & quarante années continuelle-ment tourmenté des douleurs & des tortures, que ſon inſatiabilité renou-velle à toutes les heures du jour & de la nuit.

QUO PLUS SUNT POTÆ, PLUS SITIUNTUR AQUÆ.

Horat. lib. 2.
Od. 2.

Creſcit indulgens ſibi dirus hydrops,
Nec ſitim pellit, niſi cauſa morbi
Fugerit venis, & aquoſus albo
　　　Corpore languor.

Lib. 3. Od.
14.

　　　———— *Scilicet improbæ*
Creſcunt divitiæ, tamen,
　　Curta neſcio quid ſemper abeſt rei.

L'AVARICE EST INSATIABLE.

Retranche le Defir qui t'agite & te trouble :
Borne ta convoitife où finit ton pouvoir.
Plus l'Hydropique boit, plus la foif luy redouble :
Plus l'Avare a de Biens, plus il en veut avoir.

EXPLI-

EXPLICATION.

L manquoit deux grands maux aux Avares, pour estre au comble de leurs miseres. Voicy le premier, qui est le plus épouventable fleau dont la justice du Ciel a coustume de les chastier. Si je vous demande pourquoy les hommes prennent tant de peine, pourquoy si souvent ils hazardent leur vie, en un mot, pourquoy ils deviennent leurs tyrans & leurs bourreaux : Vous me respondrez infailliblement, que c'est pour acquerir par le travail de leur esprit, ou par celuy de leurs mains, les richesses que la naissance leur a refusées. Si je poursuis ma demande, & vous sollicite de me dire quelle est la fin de tous les travaux que les hommes souffrent pour acquerir des richesses ; je suis assuré que vous me repliquerez, que ces travaux ont pour leur objet, la joye, l'abondance, la bonne chere, & les autres delices, qui ne nous peuvent estre données que par la possession des grands biens. O ! que si vous avez cette créance, vous estes dans un grand erreur. Tournez les yeux sur cette Peinture, & vous connoistrez qu'il n'y a point de gueuserie si sordide & si lâche que celle de tous les riches. Je dis de tous les riches, pour ce que c'est une verité fondamentale, que tous ceux qui sont devenus riches par leur travail, sont en mesme temps devenus extremement avares. Celuy que vous voyez, est un de ces ennemis d'eux-mesmes. Ce gueux au milieu de tous ses biens, meurt de soif & de faim ; & si quelquefois il accorde à son ventre quelques mauvais alimens, c'est avec tant d'espargne & tant d'avarice, que dans une generale sterilité de toutes choses, il n'y a point de pauvre honteux qui vive si miserablement. Ce monstre cependant, trouve des delices incomparables en cette sorte de misere, d'autant que vivant ainsi, il ne voit diminuer ny les monceaux de bled, ny le nombre des tonneaux de Vin qui l'environnent.

AVARUS QUÆSITIS FRUI NON AUDET.

Horat. lib. 2.
Satyr. 3.

Qui nummos, aurumque recondit, nescius uti
Compositis, metuensque velut contingere sacrum :
Si quis ad ingentem frumenti semper acervum
Porrectus vigilet cum longo fuste ; neque illinc
Audeat esuriens dominus contingere granum,
Ac potiùs foliis parcus vescetur amaris :
Si positis intus Chii, veterisque Falerni
Mille cadis, nihil est, ter centum millibus, acre
Potet acetum.

L'AVARE EST SON BOURREAU.

Non : Il n'eſt pas beſoin d'inventer un ſupplice
Pour punir ce Brutal de ſon avidité.
Il s'eſt fait ſon Bourreau par excez d'avarice ;
Et ſçait bien ſe punir comme il a merité.

EXPLI-

EXPLICATION.

I l'Avare eſt puny au dedans par la crainte qu'il a d'uſer de ſes richeſſes, il ne l'eſt pas moins au de‑hors, par le peu de connoiſſance qu'il a de ſa bru‑talité. Il eſt tousjours frappé de l'eſprit d'aveu‑glement, & comme certains foux qui ſe croyent parfaitement ſages, il ſe figure d'eſtre un Achil‑le, & n'eſt qu'un Terſite. Quelques injuſtes & quelques opiniâtres partiſans des richeſſes que vous ſoyez, vous ne ſçauriez voir le riche & ridi‑cule Midas, que vous ne demeuriez d'accord, qu'on peut eſtre tout enſemble extremement riche, & extremement ſot. Mais ce qu'il y a de pis en cette avanture, c'eſt qu'à proportion que le ſot s'éleve, ſa ſottiſe s'éleve auſſi. Elle monte avec luy ſur le Theatre qu'il s'eſt bâti de ſes treſors; & ſe fait montrer au doigt, par tous ceux qui ſont aſſez clairs-voyants, pour ne pas confondre une Marotte & une Diadéme. No‑ſtre Peintre veut que vous ſoyez de ces illuminez; car il vous preſente en ce Tableau la ſottiſe elle-meſme, qui coiffe bien plaiſamment le Dieu des richeſſes, du plus ample de ſes bonnets ridicules; & luy met entre les mains le Sceptre crotesque, avec lequel elle commande à la plus grande partie de l'Univers. Tournez, je vous prie, les yeux ſur ce lointain, que ce Peintre a ſi heureuſement prattiqué ſur la cime d'une montagne. Vous y verrez un exemple bien fameux de la verité que je vous annonce, en ce Prince imper‑tinent, qui ayant demandé aux Dieux de convertir en or tout ce qu'ils tou‑cheroit, obtint ſi malheureuſement pour luy, l'accompliſſement de ſes veux, qu'il fut incapable de tout autre choſe que de faire de l'or. Mais en punition de ſa demande criminelle, il perdit ſi abſolument l'uſage de la raiſon & des ſens, qu'il trouva plus d'harmonie au cornet enroüé d'un Monſtre, qu'à la Lyre meſme du Dieu de la Muſique.

VITIO VITIUM ACCEDIT.

Hor. lib 1.
Epiſt. 10.

Stultitiam patiuntur opes ......

Ovid. lib. 2.
de art.

Aurea nunc verè ſunt ſecula : plurimus auro
Venit honos, auro conciliatur amor.
Ipſe licèt venias Muſis comitatus, Homere:
Si nihil attuleris, ibis Homere foras.

UN AVEUGLEMENT EST SUIVY D'UN AUTRE.

Ne te vante jamais ny d'esprit ny d'adresse,
Pour avoir plus volé, que n'ont fait tes Ayeux,
Midas estoit tout d'Or ; & malgré sa richesse,
Il passa pour un Asne au jugement des Dieux.

P   EXPLI-

EXPLICATION.

UELQUES melancholiques que vous foyez, de vous voir fi éloignez de vos pretentions, il faut neanmoins que vous riez du plaifant fpectacle, que noftre Poëfie muëtte vous a preparé. Approchez donc, du miferable lict, où gift un malade encore plus miferable; & contemplez l'avare Opimius, contraint par un mal violent d'abandonner la garde de fes facs & de fes coffres. Le cathare l'étouffe. La fluxion luy fait perdre l'ufage des fens. Il dort en dépit qu'il en ait, d'un fomne prefque mortel; & fon ame qui veille encore un peu, ne luy reprefente autour de luy, que des trouppes de voleurs, refolus de s'enrichir de fes dépoüilles. Mais ces vifions ne font pas abfolument trompeufes: car fes Heritiers acharnez fur fon argent, comme des Vautours fur une charogne, engloutiffent des yeux & de la penfée, tous les trefors que cét Avare a fi long-temps gardez. Ils en parlent comme s'il eftoit dé-jà mort. Il fe raillent de la peine qu'il a prife à les enrichir; & pour fe mocquer de luy, s'entre-difent qu'afin que fa mort foit conforme à fa vie, il ne faut pas beaucoup depenfer à fes funerailles. Le Medecin cependant, plus charitable que les heritiers, accourt au foulagement du malade. Il vient le remede à la main; & employe toute fa fauffe eloquence pour vaincre fon affoupiffement. Comme il voit qu'il n'en peut venir à bout, il tente le dernier & le plus puiffant moyen qu'il a de l'éveiller. Opimius (luy crie-t'il) ouvrez les yeux. On vous vole. Vos heritiers ont rompu vos coffres. Ils partagent voftre argent. Chacun en emporte fa part. Suis-je encore en vie, s'écrie douloureufement l'Avare? Oüy, luy répond le Medecin; & fi vous ne voulez faire grand plaifir à vos heritiers, prenez vifte le feul remede, par lequel vous pouvez rendre la force à la nature defaillante. Combien coufte-t'il, demande baffement le mal-heureux Avare? Peu, repart le Medecin. Mais encore combien, adjoufte Opimius? Cinq fols, dit le Medecin. Ha! je fuis mort, s'écrie l'Avare. Et quoy, n'eft-ce pas mefme chofe, que je fois affaffiné ou par la malignité de mon mal, ou par le vol de mes heritiers, ou par la rapine des Apotecaires? A cette belle confideration le Medecin fe mit à rire, auffi bien que les Heritiers, & laiffe mourir tres-juftement celuy, qui à dire vray, merite d'eftre affaffiné par luy-mefme.

AVARUS NISI CUM MORITUR NIHIL RECTE FACIT.

Horat. lib. 2.
Satyr. 3.

Pauper Opimius argenti pofiti intus, & auri,
Qui Vejentanum feftis portare diebus
Campana folitus trula, vappamque profeftis,
Quondam lethargo grandi eft oppreffus, &c.

L'AVA-

L'AVARE MEURT COMME IL A VESCU.

Te voilà, pauvre Avare, à la fin de ta vie ;
Implore à ton secours, l'Or qui fut ton envie ;
Voy s'il te peut tenir tout ce qu'il t'a promis ;
Mais au fort de ton mal, le traistre t'abandonne ;
Et pour ton desespoir ; le voilà qu'il se donne,
Aux plus grands de tes ennemis.

EXPLICATION.

V OU s me reprochez par voſtre ſilence mocqueur, que mes invectives ont trouvé leurs bornes ; & puis que l'Avare eſt mort, que je ne ſçaurois aller au de là. Vous vous trompez. L'Avare eſt méchant juſqu'aprés ſa mort ; & vous allez voir une Peinture, qui toute boufonne qu'elle eſt, ne laiſſe pas d'eſtre auſſi inſtructive que les plus ſerieuſes qui ſont en cette Galerie. Ce ſont les funerailles ridicules d'une méchante Vieille, qui toute ſa vie avoit regardé ſes Heritiers avec les yeux de l'avarice, c'eſt à dire, avec les yeux les plus injuſtes & les plus envenimez, que la haine puiſſe donner aux vindicatifs. Comme elle connut que ſon heure eſtoit ſonnée, & que la mort l'alloit donner en proye aux Corbeaux, qui depuis ſoixante ans attendoient ſa charogne, elle s'aviſa d'une malice digne d'elle, afin que meſme en ceſſant de vivre, elle ne pût ceſſer d'eſtre ce qu'elle avoit touſjours eſté. Elle ordonna donc par ſon teſtament, qu'aprés ſa mort ſon corps nud, ſeroit trempé dans un tonneau d'huile ; & que tout degouſtant de cette liqueur, il ſeroit par ſon Heritier auſſi tout nud, porté de ſa maiſon juſqu'au lieu de ſa ſepulture. Il fallut que ce digne Heritier ſe mit cette digne charge ſur les épaules ; & que de peur de perdre la ſucceſſion, il empéchaſt que cette coleuvre ne luy échappaſt des mains. Cent fois elle faillit à luy couler d'entre les ſerres. Mais cét homme avide ſçavoit trop bien ſon meſtier, pour quitter ce qu'il avoit ſi ardemment pourſuivy. Il la tient donc, comme vous voyez, ſi ferme, qu'en dépit de toute l'huile de l'Attique, il ne l'abandonnera point que pour luy écraſer la teſte, en la precipitant dans la foſſe, que pour cette raiſon il a fait creuſer une fois plus profonde qu'à l'ordinaire.

AVARUS ETIAM POST FATUM IMPROBUS.

Horat. lib. 2.
Satyr. 5.

—— *Anus improba Thebis,*
Ex teſtamento ſic eſt elata : cadaver
Unctum oleo largo nudis humeris tulit heres :
Scilicet elabi ſi poſſet mortua : credo
Quòd nimium inſtiterat viventi.

L A

LA MALICE DE L'AVARE VIT APRES SA MORT.

L'Avare eſt plein d'Ire & d'Envie ;
Le temps qui change tout, n'en change point le ſort.
Il fut méchant toute ſa vie,
Il l'eſt encore aprés ſa mort.

EXPLICATION.

APRES tant d'exemples des crimes & des malheurs, dont les richeſſes ſont accompagnées, nous ſommes reduits, me direz-vous, à la neceſſité d'eſtre gueux toute noſtre vie, & de regarder les biens du monde, comme des monſtres & des poiſons. Nullement, mes chers amis, pourveu que les richeſſes ne vous poſſedent pas; & ne vous portent point aux injuſtices & aux abominations où ſe plongent tous ceux qui ſont poſſedez de la pernicieuſe envie d'en avoir; il vous eſt permis de les ſouhaitter, de les acquerir, d'en uſer. Cette cruelle beſte qui regne juſques dans le Sanctuaire, peut rencontrer ſon vainqueur. Cette Idole des richeſſes, devant qui tant de Peuples ployent honteuſement les genoux, peut perdre ſes Temples & ſes Autels. Voyez noſtre Sage, qui par les principes de la Philoſophie, eſt le maiſtre abſolu de toutes les choſes. Il change l'abus des richeſſes en un legitime uſage. Il a comme un autre Jaſon, mis ſous le joug ce Dragon épouvantable qui garde l'Or; & l'ayant contraint de changer de nature, le rend docile à la voix de la Vertu. Ce Tableau expoſe ce beau ſpectacle à nos yeux, & nous apprend que pendant que le Peuple idolatre & brutal, reclame la richeſſe comme une Divinité, les grands Hommes la gourmandent, l'enchaiſnent, & la traittent comme une eſclave rebelle.

VARIUM PECUNIÆ DOMINIUM.

Horat. lib. 1.
Epiſt. 10.

Imperat, aut ſervit collecta pecunia cuique :
Tortum digna ſequi potius, quàm ducere funem.

Horat. lib. 1.
Epiſt. 16.

Quò melior ſervo, quò liberior ſit Avarus,
In triviis fixum cùm ſe demittit ob aſſem ;
Non video. Nam qui cupiet, metuet quoque porrò,
Qui metuens vivit, liber mihi non erit unquam.

LES RICHESSES SONT BONNES AUX BONS.

La plus part des Mortels font fi peu genereux,
Qu'ils flattent lâchement des monftres trop heureux.
Que leurs biens mal-acquis font l'objeĉt de l'envie.
Moy qui n'ay point comme eux, le courage abbatu ;
  Je veux toute ma vie
Mefprifer la Fortune, & fuivre la Vertu.

EXPLI-

EXPLICATION.

OSTRE Philofophe muët ne pouvoit mieux finir la matiere des richeffes que par le Tableau qu'il nous prefente. Aprés avoir montré les ordures & les miferes de l'avarice, il avoit à faire paroiftre avec éclat, la Vertu qui luy eft oppofée. Je fçay qu'il pouvoit par un grand nombre de Tableaux, produire les beautez & les beatitudes de la Liberalité ; mais n'ayant qu'une place de refte, il y a tres-judicieufement renfermé, tout ce qui eft de plus grand, de plus illuftre, & de plus merveilleux en la Vertu qu'il reprefente. En effet, bien que ceux qui s'enrichiffent par des voyes innocentes, & qui fe fervent genereufement de leurs richeffes, ne perdent pas un feul moment de leurs jours, & ne faffent toute leur vie que des actions heroïques, il n'y a toutesfois rien de fi extraordinaire & de fi émerveillable que leur fin. Ils quittent leurs biens avec plus de fatisfaction qu'ils ne les ont poffedez. Ils les difpenfent fans regret & fans haine ; & fe font tellement acquis le cœur de leurs heritiers, que c'eft de là veritablement que partent les larmes qu'ils voyent refpandre. Efcoutez, je vous prie, le difcours de noftre Philifophe. Je vous ay fait voir, vous dit-il, la fin épouventable de l'Avare. Maintenant pour vous en faire perdre la memoire, puifqu'il eft indigne qu'on fe fouvienne de luy, je vous montre l'eftat heureux, où fe trouve l'homme de bien, quand il rend les derniers devoirs à la Nature. Vous ne verrez point autour de fon lict, cette trouppe abayante & affamée des Chiens & de Corbeaux, qui attendent là proye. Je veux dire, les deteftables Heritiers, d'un deteftable Avaricieux. De tous ceux qui font dans la chambre de noftre malade, il n'y en a pas un qui penfe à crochetter fes Cabinets, ny fes Coffres. Perfonne ne fe met en peine, s'il laiffe du bien, ou s'il n'en laiffe point. Tous les fiens n'ont autre foin ny autre penfée, que de le conferver. Icy les larmes font toutes veritables. Icy les cœurs ne démentent point le vifage. La bouche n'eft que l'Echo des difcours de l'ame ; & bref, tous ceux qui environnent ce faint homme, confpirent unanimement à luy prolonger la vie. Il n'y a point de remedes qui leur femblent chers. Ils croyent que l'or & les pierres precieufes ne peuvent mieux eftre employées, qu'à la confervation d'une perfonne encore plus pretieufe.

LIBERALI HOMINI VOLUNT OMNES OPTIME.

Lib.1 Sat.1. *At fi condoluit tentatum frigore corpus,*
Aut alius cafus lecto te affixit : habes qui
Affideat, fomenta paret, Medicum roget, ut te
Sufcitet, ac reddat natis, carifque propinquis.

L'HOMME BIEN-FAISANT EST AIME' DE TOUT LE MONDE.

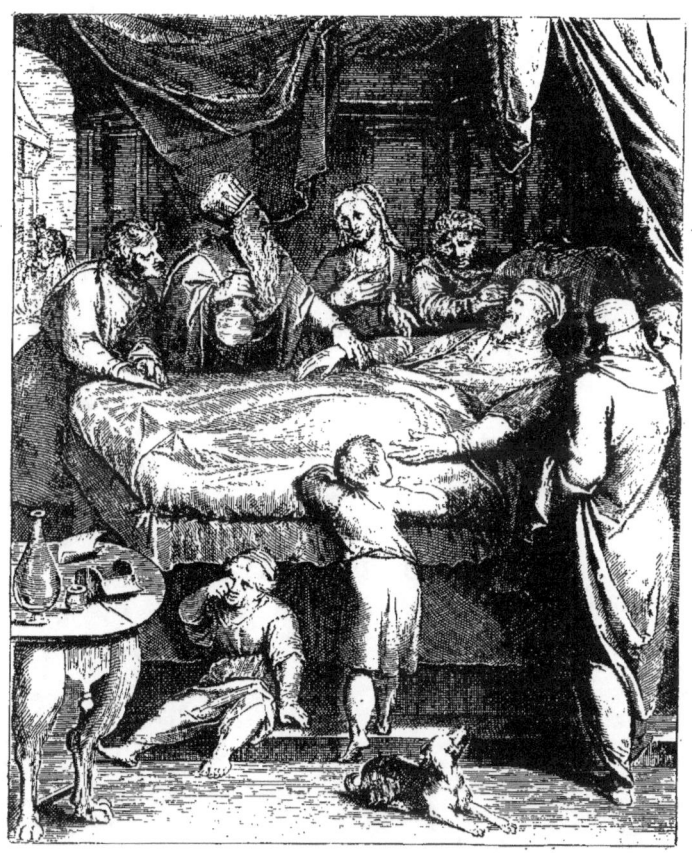

Heureux ces Hommes innocens,
Qui Vainqueurs abſolus des ſens ;
Quittent avec plaiſir , cette obſcure demeure.
Qui partagent leurs biens avecque jugement ;
Et qui ſont aſſurez qu'entrant au monument,
Leur digne Succeſſeur les regrette & les pleure.

Q   EXPLI-

THEATRE MORAL

DE LA

VIE HVMAINE.

SECONDE PARTIE.

AU LECTEUR.

MENAGEONS *nos forces puisque nous ne sommes qu'à la moitié de la carriere; & par une utile meditation, comme par un agreable repos, preparons nous à finir glorieusement nostre course. Nous avons vû touts les Tableaux qui enrichissent la premiere Partie de cette fameuse Gallerie; & je ferois tort à nostre juste & vertueuse curiosité, si je doutois que de tous ce que nous sommes, il y eut un seul, qui n'eut apporté à un si beau spectacle, les yeux de l'ame aussi bien que les yeux du corps. Celà estant, nous avons tous également remarqué les Vertus & les Vices dont toutes les conditions sont accompagnées. Pour mon particulier, j'ose croire sans faire le vain, que vous ayant tirez les rideaux, dont tant de sçavantes Peintures estoient couvertes, j'ay fait voir distinctement, aux yeux mesmes les moins clair-voyans, ce que l'art du Peintre sembloit envier aux connoissances vulgaires. Il n'y a maintenant plus de Passions ny de Vices, quelque fard & quelque artifice qui les déguise, qui soient capables d'abuser ou de l'innocence, ou de la mauvaise veuë de leurs spectateurs. Leur malice n'est plus cachée:*

Q 2

cachée : Leur fard est remarquable : Chascun peut voir leurs pie-
ges & les éviter. L'Amour y est representé si volage , si cruel, &
si perfide , qu'il n'y aura plus que des insensez volontaires , qui servi-
ront de butte à ses traits , & d'aliment à ses flammes. L'Ambition
qui paroissoit illustre , pour ce qu'elle paroissoit genereuse , a perdu
les Titres pompeux qu'elle avoit injustement usurpez. Nous luy
avons arraché le masque & la pourpre qui la rendoient en appa-
rence , la plus noble des passions ; & par la connoissance que nous
avons donnée de sa bassesse & de sa venalité , nous croyons que des-
ormais les ames basses & mercenaires seulement , en pourront estre
touchées. La Colere, l'Envie, l'Avarice, l'Orgueil: bref tous
les crimes y ont esté representez tels qu'ils sont. Ils nous ont aussi
fait également horreur , & ont jetté dans nos ames des semences
d'indignation & de hayne , qui doivent infailliblement germer en
leur saison ; & produire des fruits dignes des soins & de la culture
de la Philosophie. Mais il est temps de continuer nostre promena-
de ; & retournant d'où nous sommes partis , donner à nostre curiosi-
té , la satisfaction qu'elle attend de nos yeux & de nos oreilles. Tou-
tesfois , avant qne de les arrester sur le premier des Tableaux qui
nous reste à estudier ; il est à propos , que je vous donne advis de
l'intention de nostre Peintre Philosophe.

Il nous a fait voir jusques icy , toutes les conditions de la Vie , &
nous les a fait voir sans nous y vouloir attacher. A present, il
nous les offre avec la pensée de nous les faire embrasser , mais il pre-
tend que nous choisissions celles qui sont les plus dignes de nous , c'est
à dire , qui sont les plus nobles , les plus spirituelles , & les plus
proportionnées à la hauteur de nostre origine. Il ne nous en pro-
duira

duira point d'autres dans ce second ordre de ses Tableaux ; & s'il
s'en rencontre quelques-unes qui vous paroissent honteuses, & me-
caniques, sçachez que nostre nouveau Zenon n'est pas de vostre sentiment : Car il croit qu'il n'y a point de mestier honteux, quand
l'homme le peut exercer avec innocence ; & que ceux que vous nom-
mez des Arts nobles & liberaux, deviennent infames & mercenaires, toutes les fois que ceux qui les exercent, les exercent avec
une intention servile & corrompuë. Cependant, il n'a pas dessein
que nous nous arrestions à ces exercices. Il ne les expose à nostre
veuë, que comme des jeux & des divertissements pour ceux qui
sont riches, ou comme des aydes & des secours, pour ceux qui sont
mal avec la Fortune. En effet, ils sont comme autant des rudiments, & comme d'autant de premieres leçons que la Philosophie
nous donne, afin que peu à peu nous puissions atteindre à la connoissance de ce grand art, de ce mestier divin, de cét exercice
continuel des Heros & des Anges, qui est la pratique de la souveraine Sagesse.

Taschons donc de renouveller l'attention de nos yeux (s'il m'est
permis de parler ainsi) & de suivre pas à pas un si fidelle Conducteur. Nous parviendrons infailliblement par sa prudence, à
la possession du Thresor que le peuple cherche vainement, & recevant la Vertu pour la compagne de toute nostre Vie, nous serons
si heureux, que mesme à nostre mort elle ne nous abandonnera pas.

EXPLI-

EXPLICATION.

UE pouvoit choifir noftre Peintre de plus charmant & de plus aimable, pour nous exciter à la pratique de la Vertu, que la belle varieté qu'il nous figure en ce Tableau? Certes, je le confidere comme une vive image de la glorieufe condition de nos efprits; & fi j'entends bien fon langage muët, il me dit, que la Nature nous a trop aimez, pour vouloir que nous vecuffions une vie d'efclaves; ou plutoft pour nous avoir animez d'une ame née à la fervitude. Oüy, mes amis, nous fommes nez libres. Nous fommes nez les arbitres, & les artifans de noftre fortune. Nos inclinations ne font point contraintes. Elles fe portent librement à ce qui leur paroift le plus digne d'eftre embraffé; & avec la mefme liberté, elles nous choififfent nos emplois & nos exercices. Regardez ce Peintre qui fe laiffe fi agreablement emporter à fon caprice. Il regne dans fon travail, & ne feroit pas heureux comme il eft, fi au lieu de fon pinceau, on luy mettoit un fceptre à la main. Vous en devez croire autant de fon Voifin, qui trouvant dans fa belle melancholie, & dans fes ingenieufes vifions, quelque chofe au de là des Empires & des Conqueftes, eftime le Laurier qu'il a fur la tefte, plus noble & plus glorieux que celuy des Alexandres & des Cefars. Si vous jettez les yeux plus loin, vous découvrirez un Medecin & un Mathematicien, qui ont rencontré leur element & leur joye dans la connoiffance des chofes qui font conformes à leurs inclinations. Entrez, je vous prie, jufques dans la Boutique de fes Forgerons; & leurs vifages auffi bien que leurs chants, vous apprendront que leur labeur eftant un labeur volontaire, leur eft un labeur delicieux. De là, concluez que chaque homme compofe fa propre beatitude; & que pourveu qu'il apporte au choix de fa condition, tout le jugement, & toute la connoiffance qu'elle exige de luy, il eft impoffible qu'il ne faffe dés cette vie, un effay des felicitez de l'autre.

CUIQUE SUUM STUDIUM.

Horat lib.1. Epift. 14.	*Quam fcit uterque, libens, cenfebo, exerceat artem.*
Lib. 2. Epift. 1.	*Navem agere ignarus navis timet: abrotonum ægro Non audet, nifi qui didicit, dare. Quod medicorum eft Promittunt medici, tractant fabrilia fabri.*
Ovid.	*Adde, quod ingenuas didiciffe fideliter artes, Emollit mores, nec finit effe feros.*

CHA-

CHACUN DOIT SUIVRE SON INCLINATION.

Veux tu laiffer de toy d'illuftres Monumens ;
Et gagner une place au Temple de la Gloire.
Suy les Arts immortels des filles de memoire ;
Et ne force jamais tes nobles fentimens.

EXPLI-

EXPLICATION.

N vient de nous enseigner , que noftre bonne fortune dépend de noftre election. C'eft donc à nous à faire un bon choix , puifque c'eft luy feul qui nous peut rendre heureux. Mais d'autant que c'eft à un pas fi gliffant que les hommes font ordinairement de bien lourdes cheutes, noftre Philofophe nous en veut advertir, afin que fi nous venons à tomber , nous n'en accufions que nous mefmes. Cette Peinture nous reprefente par un plaifant caprice , le peu de jugement que nous apportons au choix de nos exercices ; & le repentir qui comme le mal-heureux compagnon de noftre imprudence , marche continuellement fur nos pas. Ce Bœuf pefant & pouffif, qui a quitté le joug pour la bride , & le labeur pour la guerre, fe plaint du changement de fa condition ; & fe prend au Ciel , de ce qu'il s'eft laiffé tromper au faux éclat, & à la vaine pompe des ornemens redoutables , que les hommes ont inventez pour la fervitude des Chevaux. Mais laiffons ce Bœuf dans la punition de fon orgueil ; & confeffons que la Nature comme une bonne & charitable mere, porte également tous les animaux à la recherche de leur beatitude ; & que s'ils ne s'écartent point du chemin qu'elle leur montre , ils arriveront infailliblement à la bienheureufe fin qu'ils defirent. Il eft vray, que les hommes bien plus déraifonnables que les beftes mefmes les moins raifonnables , femblent affecter les occafions de fe dérober à la conduite de la Nature , de rompre les bornes qu'elle leur a prefcriptes ; de fouler aux pieds fes reglemens & fes deffences ; & pour le feul plaifir du changement, s'ennuyer de la bonne , auffi bien que de la mauvaife fortune.

SUA NEMO SORTE CONTENTUS.

Horat. lib. 1.
Satyr. 14.

Optat ephippia bos piger , optat arare caballus.
Cui placet alterius , fua nimirum eft odio fors.

Libro 1.
Epift. 10.

Cui non conveniet fua res , ut calceus olim ,
Si pede major erit , fubvertet , fi minor , uret.

LE SOT SE PLAINT TOUSJOURS DE SA CONDITION.

Nous accusons les Animaux
Des desirs déreglez dont nous sommes coupables.
Mais les Hommes tous seuls ont de si grands defaux :
Les Bestes n'en sont point capables.

R   E X P L I-

EXPLICATION.

Oicy la confirmation des Veritez, que nos inquietudes ont fait inventer à l'une & à l'autre Poësie. Nostre Peintre a crû que la comparaison du Bœuf & du Cheval, ne feroit possible pas sur nos ames, toute l'impression qu'il avoit dessein d'y laisser. C'est pourquoy il propose l'homme mesme, en exemple à l'homme ; & luy mettant devant les yeux, les changemens injustes & deshonnestes ausquels il est sujet, il pretend par sa propre confusion, de le guerir d'une si infame maladie. Le Soldat veut estre Matelot. Le Matelot veut estre Marchand. Le Marchand veut estre Laboureur. Le Laboureur veut estre Hostelier, c'est à dire, que toute condition est importune à celuy qui n'est pas sage ; & que quoy qu'il choisisse, il se trouve tousiours trompé dans son choix. Il n'en est pas de mesme de l'homme prudent. S'il est né libre, il fait élection de la fortune, & la sçait conduire avec tant d'addresse, qu'il ne s'en lasse, ny ne s'en repent jamais. Si Dieu l'a fait naistre dans les fers, il se conforme magnanimement à la bassesse de sa condition; & sans murmurer contre l'ordre universel des choses, il adoucit par la Philosophie, les amertumes de la servitude.

MULTIPLEX CURARUM PRÆTEXTUS.

Horat. lib. 1.
Sat. 1.

Ille gravem duro terram qui vertit aratro,
Perfidus hic caupo, miles, nautæque per omne
Audaces mare qui currunt : hâc mente laborem
Sese ferre, senes ut in otia tuta recedant,
Aiunt, cum sibi sint congesta cibaria: sicut
Parvula, nam exemplo est, magni formica laboris,
Ore trahit quodcumque potest, atque addit acervo,
Quem struit, haud ignara, ac non incauta futuri.

TOUS

TOUS NOS DEFFAUTS ONT LEUR PRETEXTE.

Le Nocher pauvre & viel veut fendre les Gerets :
Le Laboureur les quitte , & se donne à Neptune :
La Guerre est à la fin au Soldat importune.
Le Sot ayme le change , il court tousjours aprés ;
Et changeant de mestier , croit changer de fortune.

EXPLI-

EXPLICATION.

RRESTONS nous, s'il vous plaiſt, à conſiderer ce Payſage. Bien qu'il ſemble n'avoir pas beaucoup de rapport avec les autres Tableaux de cette Gallerie, il n'en eſt pas toutefois le moins utile, ny le moins inſtructif. Vous me demandez, que ſignifie ce Pays ſauvage. Quels ſont ces hommes ſi bigeares & ſi mal veſtus qui l'habitent; & ſous quel climat on trouve toutes les autres nouveautez qui vous ont ſurpris. Sçachez que ce Tableau eſt la carte d'une partie de ces grandes peninſules, que l'oiſiveté de Colomb & l'ambition des hommes ont eſté chercher au delà des bornes de la Nature. Noſtre Peintre nous les repreſente pour corriger nos inquietudes naturelles ; & nous reprocher que nous ſommes preſque tous de ces voyageurs ambitieux & ridicules, qui ne trouvant pas dans le vieil monde, aſſez d'eſpace pour le flux & le reflux de leurs deſirs déreglez, voudroient qu'il y en eut autant, que l'un de nos Philoſophes s'en eſt imaginé. Mais ſi nous ſommes ſages, faiſons aujourd'huy une ferme reſolution de choiſir une condition tranquille & durable ; & pour trouver du repos, de le chercher en nous meſmes, & non dans la diverſité ou des exercices, ou des compagnies. Auſſi bien ne ſçaurions nous faire un plus beau, ny un plus neceſſaire voyage, que de deſcendre ſouvent dans noſtre cœur, eſtudier ce qui ſe paſſe dans un pays qui nous eſt ſi peu connû; & par de nobles & fructueuſes occupations, conſumer le plus agreablement qu'il nous ſera poſſible; le temps que nous avons à languir hors de noſtre veritable patrie.

CUM FRUCTU PEREGRINANDUM.

Hor. lib. 2.
Od. 16.

Quid brevi fortes jaculamur ævo
Multa? quid terras alio calenteis
Sole mutamus? patriæ quis exul
    Se quoque fugit?

Lib. 1.
Epiſt. 11.

Tu, quamcumque Deus tibi fortunaverit horam,
Gratâ ſume manu, nec dulcia differ in annum:
Ut, quocumque loco fueris, vixiſſe libenter
Te dicas. Nam ſi ratio, & prudentia curas,
Non locus effuſi latè maris arbiter, aufert:
Cælum, non animum mutant, qui trans mare currunt.

QUI

QUI VIT BIEN, VOYAGE HEUREUSEMENT.

Nos inconstances continuës,
Nous font errer par l'Univers ;
Et sous mille Climats divers,
Voir mille Terres inconnuës.
Mais nous voyageons vainement,
Nôtre esprit inquiet nous fait toujours la guerre.
Aussi pour vivre heureusement,
Il ne faut point changer de Terre,
Il faut changer de sentiment.

EXPLICATION.

 E voy bien, mes chers amis, à quoy la beauté de voſtre inclination vous porte. A peine avez vous jetté les yeux ſur ce Tableau, que vous vous trouvez ravis des merveilles qu'il vous preſente. Que vous eſtes heureux d'avoir ſçeu vous conformer ſi promptement à la nobleſſe de voſtre nature, & par un ſi digne choix reſpondre à la Majeſté de vos ames. En effet; il faut qu'un homme renonce publiquement à la gloire de ſon extraction, quand il eſt ou ſi mal-heureux, ou ſi lâche, que d'embraſſer une autre profeſſion que celle des Lettres. Approchez-vous donc de cette Peinture; & conſiderez la grandeur des biens, où vous eſtes appellez, par la genereuſe election que vous avez faite. Les faveurs que vous recevez des beautez vulgaires, ſont des faveurs qui ſe perdent en les recevant; & qui preſque tousjours perdent ceux qui les reçoivent. Mais celles que les Muſes vous offrent de ſi bonne grace, ſont des faveurs durables, ſont des faveurs innocentes, ſont des faveurs qui vous élevent en vous raviſſant, & qui vous faiſant paſſer de la condition des hommes à celle des Heros, vous ſont comme autant de ſouverains preſervatifs, contre touts les poiſons que la volupté vous preſente.

A MUSIS TRANQUILLITAS.

Hor. lib. 1.
Od. 26.

Muſis amicus, triſtitiam & metus,
Tradam protervis, in mare Creticum,
Portare ventis.

Ovid. Triſt.

—— carmina lætum
Sunt opus, & pacem mentis habere volunt.

Anxia mens hominum curis, confecta dolore,
Non potis eſt cantus pandere Pierios:
Carmina proveniunt animo deducta ſereno,
Triſtia cum lætis non bene ſigna cadunt.

L'ESTUDE DES LETTRES, EST LA FELICITE' DES HOMMES.

Nouveaux & genereux Orphées,
Qui loin de la faveur des Rois,
Venez au silence des bois,
Consulter les nœuf doctes Fées.
Vous ignorez les soins cuisans,
Qui devorent les Courtisans.
La tristesse & la peur, ne vous font point la guerre.
Vous estes affranchis des injures du sort ;
Et de tous les maux de la terre,
Vous n'éprouvez jamais que celuy de la mort.

EXPLI-

EXPLICATION.

! que ce Tableau nous fait bien connoiſtre les avantages qu'on tire de l'amour de l'étude ; & de l'a-
ctivité ſurnaturelle qu'elle donne à nos eſprits. La
chambre qui nous y eſt figurée, ſe peut proprement nommer la retraitte de la Vertu, l'element
de la Philoſophie, le Temple des Muſes, & le lieu
ſacré d'où les paſſions ſont bannies. Auſſi le Philoſophe qu'il nous repreſente, comme le Mini-
ſtre & le Preſtre de ce Temple, n'attend pas que
le Soleil l'avertiſſe qu'il eſt temps de ſacrifier au
Dieu de toutes choſes. Le ſoin qu'il a de ſon devoir ; & l'ardeur qui le porte à l'adoration de la ſouveraine Sageſſe, à laquelle il s'eſt conſacré, l'éveil-
lent avant que la Lune ait fait les deux tiers de ſa courſe. Elle eſt encore bien
haut ſur l'Horiſon. Elle illumine de ſon éclat blanchiſſant les feneſtres de ſa
chambre ; & le voilà cependant debout. Il a luy-meſme éveillé ſon valet ;
& par une ſi juſte ſolicitude, il nous a donné cét advertiſſement ſalutaire,
que le Pilote n'a pas grand ſoin de ſon Vaiſſeau, qui s'en repoſe ſur la foy d'un
miſerable Matelot. Nous voyons auſſi les glorieuſes victoires que ce Sage
vigilant a remportées par la puiſſance de ſes veilles & de ſes ſoins. Car les
paſſions les plus fortes, les plus redoutables, & les plus artificieuſes, comme ſi elles tenoient de la nature des ſonges & des fantômes, ſe diſſipent avec
le ſommeil & les tenebres ; & abandonnent celuy qui veille, pour aller
tourmenter ces ames pareſſeuſes, qui font leur felicité de leur lit ; & tâchent
de continuer par un art criminel, ce qu'ils ont innocemment commencé par
le benefice de la Nature.

DIUTURNA QUIES VITIIS ALIMENTUM.

Horat. lib. 1.
Epiſt. 2.

———— *Et, ni*
Poſces ante diem librum cum lumine, ſi non
Intendes animum ſtudiis & rebus honeſtis :
Invidiâ, vel amore vigil torquebere.

Plaut.

———— *vigilare decet hominem*
Qui vult ſua tempori conficere officia :
Nam qui dormitat libenter, ſine lucro, & cum
malo quieſcit.

LA PARESSE EST LA MERE DES VICES.

L'Ame est une machine à beaucoup de ressorts ;
L'oysiveté les roüille & les rend inutiles.
Travaille incessamment de l'esprit, ou du corps ;
Et ta machine aura ses mouvements faciles.

S   EXPLI-

EXPLICATION.

GENEREUSE & heroïque paſſion, de ſçavoir ce qu'il faut ſçavoir, c'eſt à dire d'eſtre vertueux, combien ſont hautes, & combien ſont divines, les reſolutions que tu fais prendre à ceux que tu poſſedes veritablement? Cette juſte exclamation m'échappe en voyant ce Tableau. Regardez-le, je vous prie, des meſmes yeux que je le conſidere; & vous avoüerez avec moy, que la Sageſſe & la Science, comme eſtant les Anges tutelaires de nos eſprits, leur inſpirent des penſées dignes de la ſublimité de leur extraction. Elle leur font connoiſtre qu'il n'y a rien de ſi bas, que ce que le monde eſtime de plus haut; ny rien de ſi vil, que ce que l'ambition & les autres paſſions déreglées nous offrent, comme les choſes les plus pretieuſes de la vie. Voyez vous le Philoſophe, que tant de demons environnent? Ils le tentent à la verité, mais ils le tentent vainement. Icy l'ambition luy preſente un Throſne. Là une Couronne deſtinée aux Vainqueurs. Plus loin une ſtatuë; & pour dernier effort, la pompe ſuperbe du Triomphe. Cependant il refuſe également tous ſes preſens; & leur donnant le juſte prix qu'ils doivent avoir, demeure d'accord avec luy-meſme, que toutes ces choſes ne ſont que vanité. Qu'un Throſne n'eſt qu'un peu de bois enrichy d'or & de pierreries. Que ces autres marques de grandeur & de pompe ne ſont que de branches de laurier pliées enſemble, des pieces de marbre taillé, des armes rompuës & attachées confuſement. Que le Triomphe meſme, qui eſt le deſir de tous les grands courages, n'eſt qu'un mélange embaraſſé & déplorable de pluſieurs innocents enchaiſnez, d'un grand nombre de ſoldats inſolents & criminels, de richeſſes ravies à leurs juſtes poſſeſſeurs, & d'acclamations brutales d'une populace inſenſée.

VIRTUTIS AMORE CÆTERA VILESCUNT.

Horat lib 1.
Epiſt. 1.

Eſt quonam prodire tenus, ſi non datur ultra :
Fervet avaritiâ, miſeroque cupidine pectus?
Sunt verba & voces, quibus hunc lenire dolorem
Poſſis, & magnam morbi deponere partem.
Laudis amore tumes? ſunt certa piacula, quæ te
Ter purè lecto poterunt recreare libello.

Lib. 2. Satyr. 4.

——— quem vis mediâ erue turbâ :
Aut ob avaritiam aut miſerâ ambitione laborat.

QUI

' QUI AIME LA VERTU , MESPRISE TOUT LE RESTE.

L'Homme de bien inceſſament ſoûpire
Pour la Vertu , comme pour un Treſor.
S'il la poſſede il a ce qu'il deſire ;
Et par ſa force ſeule , il obtient un Empire ,
Q'on cherche vainement deſſus un Trône d'Or.

EXPLICATION.

QUoy que vous ayez ou assez de connoissance, ou assez de discretion, pour forcer les sentimens que vous donne la Nature corrompuë, je les voy toutesfois qui paroissent malgré vous sur vostre visage; & qui me demandent quel est le prix, & quelle est la splendeur de la couronne que les Sciences & la Vertu promettent à leurs adorateurs. Il est juste que je leur satisfasse; & qu'aprés vous avoir déjà dit plusieurs fois, que l'amour des Lettres est un remede souverain pour les maladies de l'ame, je vous montre la façon dont ce merveilleux baume doit estre appliqué sur nos differentes blessures. Vous avez vû au Tableau precedant, comme le Philosophe a foulé aux pieds, ces vaines images de gloire que le monde a pour l'objet de ses plus serieuses actions. Vous le voyez maintenant, donnant la loy aux autres Tyrans de l'ame, & regnant avec Empire sur les passions & sur la fortune. Qu'il fait beau voir les ornements qui parent son triomphe. D'un costé, les palmiers luy presentent autant de Couronnes qu'ils ont de branches; & de l'autre de vieux chesnes inébranlables, luy sont comme autant d'images vivantes de sa constance & de sa fermeté. Ce n'est pas que ses ennemis soient absolument vaincus, quoy qu'il les tienne dans les fers. La fortune tousjours rebelle & tousjours audacieuse; entreprend avec le reste de ses forces, de combattre encore une fois son vainqueur. Pour en venir à bout, elle appelle les demons de l'ambition, de l'avarice, & des plaisirs. La pauvreté qui est tousjours ravie des desordres & des confusions, accourt à la voix de la Fortune; & produit aux yeux de nostre Sage, tout ce qu'elle a de plus hideux. L'esclavage mesme, l'exil, & la mort qui est reputée le malheur de tous les malheurs, se liguent ensemble pour venir attaquer cette place, qui ne leur semble pas imprenable. Mais leurs attentes sont vaines. Car l'ame de nostre Sage est si regulierement fortifiée, qu'elle ne peut estre ny surprise par l'artifice de ses ennemis, ny emportée d'assaut par toutes leurs forces assemblées.

SAPIENTIÆ LIBERTAS.

Horat. lib. 2.
Satyr. 7.

Quisnam igitur liber ? sapiens, sibique imperiosus :
Quem neque pauperies, neque mors, neque vincula terrent :
Responsare cupidinibus, contemnere honores,
Fortis, & in seipso totus teres, atque rotundus.
Externi nequid valeat per læve morari :
In quem manca ruit semper fortuna.

Laert.
Lib. 1. c 8.

Dionysio recitanti versiculos illos Sophoclis :
Quisquis tyranni ad tecta se contulit,
Fit servus illi, liber etsi venerit :
Aristippus, arrepto posteriore, respondit :
Haud servus est, si liber illuc venerit.
Quia, inquiebat, verè liber non est, nisi cujus animum spe metuque liberavit Philosophia.

L E

LE SAGE SEUL EST LIBRE.

Ce n'eſt ny la faveur des Rois ,
Ny les ſuffrages Populaires ,
Qui peuvent ſouſmettre à nos lois ,
Nos fiers & mortels Adverſaires.
La Vertu ſeule a ce pouvoir ;
Elle fait qu'un Eſclave eſt libre dans ſes chaiſnes ,
Qu'un juſte mal-heureux , rit au milieu des geſnes ;
Et que meſme la mort ne le peut émouvoir.

EXPLI-

EXPLICATION.

L E s maladies de l'ame, & les autres maux de la vie, font aux pieds de noftre Philofophe. Il a fait des Efclaves de fes Tyrans. Mais ce n'eft pas affez pour la grandeur de fa Vertu. Il veut eftre mis à de plus difficiles épreuves ; & nous montrer comme il fçait refifter aux injures du Ciel, & aux violences de ceux qui font les executeurs de fa colere. Nous en avons des exemples en ce Tableau. En fa plus haute partie, nous voyons la confufion que produi-fent la querelle & le conflit des deux plus hauts Ele-ments. Au deffous, la Terre ébranlée par leur impetuofité, fe detache de foy-mefme, renverfe ce qu'elle porte ; & femble fe vouloir enfevelir fous fes propres ruines. Plus bas, paroiffent les déreglemens des paffions humai-nes, qui font encore plus redoutables. Icy, un Roy menace ; & pour fa-tisfaire à fon indignation, foit qu'elle foit jufte, foit qu'elle ne le foit pas, lance indifferemment la foudre fur la tefte de ceux qui font au deffous de luy. Plus loin, nous appercevons un grand nombre de monftres couverts de la figure d'hommes ; qui ne refpirans que le maffacre & la defolation, portent le fer & le feu dans une Ville forcée. Mais parmy tous ces defordres, que fait noftre Philofophe ? Il eft affis fur un fiege inébranlable. Ses parens & fes amis l'affiegent, & par la ftupidité qui eft fi commune aux hommes, luy crient aux oreilles, qu'enfin il s'éveille aprés un fi long affoupiffement ; & qu'il commence à penfer à fa confervation, & à celle des fiens. Mais cét homme veritablement homme, fait la fourde oreille à ces clameurs imper-tinentes. Il ne tourne pas mefme les yeux pour voir qui font ces importuns foliciteurs ; & perfiftant en fa divine immobilité, s'attache tout entier à la confideration de foy-mefme, pefe ferieufement les mouvemens de fon ame ; & tenant la balance égale, attend avec une profonde paix, tout ce que Dieu a refolu de fa deftinée.

MEDIIS TRANQUILLUS IN UNDIS.

Hor. lib. 3.
Od. 3.

Juftum & tenacem propofiti virum,
Non civium ardor prava jubentium,
 Non vultus inftantis tyranni,
  Mente quatit folidâ, neque Aufter,
Dux inquieti turbidus Adriæ
Nec fulminantis magna Jovis manus :
 Si fractus illabatur orbis,
  Impavidum ferient ruinæ.

Virgil. 6.
Æneid.

 Ac fi dura filex, aut ftet Marpefia cautes

LE SAGE EST INEBRANLABLE.

Le Sage, grand comme les Dieux,
Eſt maiſtre de ſes deſtinées,
Et de la Fortune, & des Cieux,
Tient les Puiſſances enchaiſnées.
Il regne abſolument ſur la terre & ſur l'onde ;
Il commande aux Tyrans ; il commande au treſpas :
Et s'il voyoit perir le Monde ;
Le Monde periſſant, ne l'étonneroit pas.

EXPLI-

EXPLICATION.

VOus voulez fçavoir ce que reprefente cét homme, qui feul au milieu d'un defert, plein de monftres, marche auffi tranquillement que s'il eftoit dans l'allée de quelque beau Jardin ; & qui par une magnanimité plus qu'heroïque, méprife le fecours qui luy eft offert, & les armes qui luy font miraculeufement envoyées. Je vous le diray fi vous m'en follicitez davantage. Mais, quel befoin eft il que je vous die fon nom ? Vous jugez bien à la defcription que je vous en faits aprés le Peintre, que c'eft le mefme demy-Dieu, que je vous ay montré au precedent Tableau. Là il eftoit affis, pour ce qu'il n'eftoit obligé que d'attendre le peril. Icy il eft debout, pour ce que ne voulant fe fervir d'autres armes que de celles de la vertu, il eft obligé de marcher fans crainte au devant des perils. Il ne fe détourne point de fon chemin, pour y voir des Dragons, des Tigres & mille autres beftes furieufes, qui tiennent la gueule ouverte pour l'engloutir. Apprenez à fon exemple, à fçavoir bien ufer de la vie ; & retenez comme le plus utile precepte que vous attendez de noftre agreable eftude, que celuy-là eft à couvert des outrages de la fortune, qui s'eft fait un azile de la pureté de fa confcience, & de la connoiffance des bonnes chofes.

INNOCENTIA UBIQUE TUTA.

Horat. lib. 1.
Od. 22.

Integer vitæ, fcelerifque purus
Non eget Mauri jaculis, nec arcu,
Nec venenatis gravida fagittis,
    Fufce, pharetra.
Sive per Syrteis iter æftuofas,
Sive facturus per inhofpitalem
Caucafum, vel quæ loca fabulofus
    Lambit Hydafpes.

L'HOMME DE BIEN EST PAR TOUT EN SEURETÉ.

Une Ame vrayment heroïque,
Trouve par tout des lieux de seureté;
Et vit mesme en tranquilité,
Parmy tous les monstres d'Affrique.
Le Sage qui sçait que la vie,
N'est que le chemin de la mort;
Ne craint jamais d'aller au port,
Où sa naissance le convie.

T   EXPLI-

EXPLICATION.

IL ne reste plus au Sage qu'une victoire à remporter, pour avoir tout sousmis à son empire. Cette Peinture vous fait voir que cette derniere victoire luy est assurée, & qu'il doit commencer son triomphe. Mais elle vous le fait voir sous certaines figures, qui possible vous paroissent des enigmes, aprés les sens desquelles il est besoin que vostre esprit se travaille beaucoup. Nullement: Il n'est rien de si clair ny de si connu ; & sans mentir je fais conscience de vous dire qui est le Vertueux, qui souffre si constamment les injures & les outrages d'une si méchante femme. Neanmoins, puisque toute l'Antiquité nous a proposé cét exemple, comme le dernier effort d'une vertu consommée, il n'est pas à propos que nous passions legerement par dessus. Sçachez donc, que celuy que vous voyez au martyre, est ce Socrates, si connû par son propre merite, & par les extravagances de sa femme. Vous jugez bien aussi, que de tous ceux dont l'Histoire Grecque & Romaine nous ont parlé, il n'y avoit que luy qui pût dignement representer le personnage qu'il fait dans ce Tableau. Considerez comme il souffre. Considerez comme il medite des choses tres-difficiles, & comme pratiquant ce qu'il medite, il nous enseigne que pour l'exercice des ames heroïques, il est necessaire qu'il y ait de méchantes femmes, qui comme des furies domestiques, ayent le foüet à la main, & les blasphemes à la bouche, afin que les Sages fassent connoistre jusques où doit aller la veritable patience, & combien peut souffrir la veritable magnanimité. Et nostre Peintre a aussi mis bien à propos en son Tableau le Diable dans un petit Navire avec deux personnes, voulant signifier que celuy qui est embarqué avec luy, doit passer le trajet bon-gré mal-gré qu'il en ait.

VICTRIX MALORUM PATIENTIA.

Horat.lib.2. Od. 24.	*Durum , sed levius fit patientiâ Quidquid corrigere est nefas.*
Laert. in vita.	Illustre patientiæ exemplar Socrates , ab uxore contumeliis petitus : *penes te est*, inquit, *maledicere ; penes me autem rectè audire.*
Eurip. in Protesilao.	*Altero duorum colloquentium indignante, Is qui se non opponit , plus sapit.*

QUI SOUFRE BEAUCOUP GAIGNE BEAUCOUP.

On tient qu'un Homme doit paſſer
Pour un lâche & pour un infame;
Quand il endure que ſa femme,
Le coiffe d'un pot à piſſer.
Socrates cependant ce Docteur authentique,
Souſtient publiquement que c'eſt une vertu.
Quant à moy qui tousjours ay craint d'eſtre battu,
Je penſe que la choſe eſt fort problematique.

T 2   EXPLI-

EXPLICATION.

CEux-la se trompent, qui croyent que le Sage affecte la reputation, aussi bien que les Vertus, & qu'il ne s'abstient des choses injustes, que pour gagner les cœurs, & recevoir les applaudissemens que les méchans mesmes n'osent refuser au merite. Pour faire paroistre l'erreur de ces gens-là, le Peintre nous propose icy, le triomphe secret de l'homme de bien, & la gloire cachée qu'il reçoit des témoignages de sa conscience. Il ne pouvoit nous le faire voir en une action qui témoignât mieux ny la grandeur de son ame, ny le mépris qu'il fait & des injures, & des faveurs de la renommée. Il est assis sur un siege si solide & si bas, qu'il ne peut craindre aucune cheute. Il est appuyé sur des Livres, c'est à dire, sur les armes que la sagesse fournit aux hommes pour combattre la fortune. Il est appuyé contre un mur d'Airain, qui n'est autre que le repos d'esprit, qu'on acquiert par la haine des Vices, & par la pratique des Vertus. Voyez je vous prie, avec combien d'art & d'esprit le Peintre nous represente auprés de luy, cette dangereuse vipere, qu'on appelle Renommée. Il la fait paroistre en une posture flatteuse, & avec un visage charmant. Elle montre à nostre Sage, ces instrumens pernicieux, ces organes decevants, ces trompettes infidelles & interessées, qui tantost publient nos loüanges, & tantost nous accusent de toutes sortes de crimes. Mais nostre Philosophe qui en connoist l'un & l'autre usage, & qui les condamne tous deux également, supplie cette folle qui parle tousjours, de choisir une plus noble & plus haute matiere à ses harangues, & de se taire d'une personne qui ne veut estre connuë que de soy-mesme. Ensuite, il luy proteste avec cette franchise, & cette sincerité, qui luy est naturelle, qu'il ne travaille ny pour acquerir de la gloire, ny pour éviter la honte; & que l'image des crimes qu'elle luy presente, quelque difforme qu'elle soit, n'adjouste rien à l'aversion que la Nature luy en a donnée. Enfin, pour la chasser honnestement d'auprés de luy, il luy declare, que pourveu qu'il puisse perseverer dans l'innocence qu'il s'est proposée pour la fin de toutes ses actions, il tient pour indifferent, tout ce que le monde voudra dire de sa vie.

CONSCIENTIA MILLE TESTES.

Hor. lib. 1.
Epist. 1.

—— *hic murus aheneus esto:*
Nil conscire sibi, nulla palescere culpa.

Ovid.

Conscia mens ut quique sua est, ita concipit intra
Pectora, pro facto spemque metumque suo.
Conscia mens recti famæ mendacia ridet:
Sed nos in vitium credula turba sumus.

L A

LA BONNE CONSCIENCE EST INVINCIBLE.

L'Innocence eſt un mur d'Airain,
Que nul effort ne peut détruire.
Le Cœur où l'on la voit reluire,
Ayant un pouvoir ſouverain,
Ne voit rien qui luy puiſſe nuire.

T 3   EXPLI-

EXPLICATION.

IL eft vray que la veritable Sageffe n'eft pas ennemie de la veritable gloire. Elle ne s'attache point fi fort à la connoiffance qu'elle a de foy, qu'elle ne faffe beaucoup de cas de la voix publique. Pour nous le témoigner, un de fes adorateurs fe prefente en ce Tableau, avec ce qu'il a de plus caché, & le découvrant à la Renommée, luy declare qu'il ne refufe ny fes recherches, ny fes cenfures. Vous devez vous appliquer cette leçon d'humilité & tout enfemble de juftice ; & apprendre d'un fi grand maiftre, que comme vous ne devez point affecter les applaudiffements & les loüanges, il n'eft pas auffi bien feant de vous dérober les témoignages, qu'en voftre perfonne, la Vertu a merités de la reconnoiffance generale du monde. Exercez-la donc pour l'amour d'elle-mefme ; mais n'imitez pas ces jaloux & malicieux animaux, qui portant fur eux des chofes qui nous font fort falutaires, les perdent ou les devorent, de peur qu'elles ne fervent à la guerifon de nos maladies. Faites voir vos ames toutes nuës. Souffrez que les hommes jettent les yeux fur voftre vie. Permettez leur de vous confiderer dedans & dehors. En un mot, contentez les curiofitez eftrangeres ; & trouvez bon que le peuple eftudie jufqu'à vos plus fecrets mouvements, afin qu'au moins vous faffiez ceffer les injuftes murmures de tant d'ames oyfives, qui foupçonnent du mal en toutes les chofes, fur lefquelles il ne leur eft pas permis d'exercer leurs jugemens.

HONESTE ET PUBLICE.

Horat. lib. 1.
Epift. 16.

Tu rectè vivis, fi curas effe quod audis.

Lampfon.

Vir bonus, infpice, ait fodes, ô fama, quod ante
Pectus, & à tergo, mantica noftra gerit.
Quin noftræ tibi nulla domi volo claufa feneftra,
Janua nulla tibi, nulla fit arca tibi.

Senec.

Nihil opinionis caufâ, omnia confcientiæ faciam : Populo
fpectante fieri credam, quidquid me confcio faciam.

QUI

QUI VIT BIEN, NE CACHE POINT SA VIE.

L'Homme de bien a l'esprit toujours net,
Il prend plaisir de l'exposer en veuë ;
Et ne fait rien au Cabinet,
Qu'il ne fasse bien dans la ruë.

EXPLI-

·EXPLICATION.

AIs ce n'eſt pas aſſez que la Vertu ſoit reconnuë. Elle veut quelque choſe de plus éclattant, & trouve bon qu'on luy rende les honneurs qu'elle merite. Noſtre Peintre luy fait juſtice en ce Tableau, & luy accorde ce que ſes nobles travaux exigent de ſa reconnoiſſance. C'eſt pourquoy, il repreſente un de ces anciens Conquerants, qui entre en triomphe dans la ville de Rome, monté ſur un Char d'or & d'yvoire, couronné d'un laurier que la Victoire de ſes propres mains luy a mis ſur la teſte; & precedé d'un grand nombre de ſoldats; qui portent avec pompe les dépoüilles des ennemis vaincus, & les marques glorieuſes de la liberalité du Triomphant. Un grand nombre de Captifs environnent ſon char. Ils marchent ſelon le rang qu'ils tenoient en leur premiere condition. Les Rois y ſont diſtinguez de leurs ſubjects, par la difference de leurs chaiſnes; & rien ne leur reſte de toute leur gloire paſſée, que le vain éclat de l'or, dont leurs fers ſont compoſez. Le Peuple eſt ravy de tant de merveilles qui luy frappent la veuë; & quoy qu'il ne doive eſtre que le ſpectateur des richeſſes qui entrent en foule dans ſa ville, il ne laiſſe pas neantmoins de les regarder comme ſiennes; & tout impuiſſant, tout miſerable, & tout eſclave qu'il eſt, il ſe perſuade que la vie & la mort, la ſervitude & la liberté des Nations, ſont les ouvrages de ſon caprice, & l'execution des conſeils qui ont eſté reſolus par la pluralité de ſes ſuffrages.

VIRTUTIS GLORIA.

Hor. lib. 1.
Epiſt. 17.

Res gerere, & captos oſtendere civibus hoſtes,
Attinget ſolium Jovis, & cæleſtia tentat.

Lucil.

Virtutem voluère Dii ſudore parari.
Arduus eſt ad eam longuſque per ardua tractus,
Aſper & eſt primùm: ſed ubi alta cacumina tanges,
Fit facilis quæ dura prius fuit inclyta Virtus.

LA

LA VERTU A PAR TOUT SA RECOMPENSE.

Que tu produits, Vertu, de fruicts delicieux.
Que les Hommes par toy, font differens des Hommes.
Tu portes tes Amans jusqu'au de là des Cieux;
Et faits que tout ce que nous sommes,
Nous les nommons nos Sauveurs, & nos Dieux.

V   EXPLI-

EXPLICATION.

L A Vertu n'eſt pas ſatisfaite pour nous avoir eſlevez ſur un char de Triomphe. Elle ſçait que cét honneur eſt trop vain, trop commun, & trop court; pour eſtre la recompenſe de nos travaux. Il n'eſt bon que pour ces heureux temeraires, qui aprés avoir hazardé leur vie avec ſuccez; & combattu quelques temps des ennemis ayſez à vaincre, attendent de leur Republique des reconnoiſſances proportionnées à leurs labeurs. Mais pour des Heros, qui ſont toute leur vie aux mains avec des adverſaires preſque invincibles, comme ſont le vice & l'ignorance, il eſt bien juſte qu'il y ait des honneurs extraordinaires; & que la gloire elle-meſme, les élevant bien haut au deſſus de la teſte des Conquerans, les porte ſur ſes propres aiſles d'un bout du monde à l'autre, & les montre aux Nations avec une pompe qui terniſſe l'éclat de tous les anciens triomphes. C'eſt ce qu'elle fait en ce Tableau. Elle contraint le Temps malgré ſa puiſſance & ſon envie, de luy préter la main pour nous mettre au deſſus des choſes periſſables; & publiant de ſiecle en ſiecle le merite des hommes Illuſtres, annoncer qu'ainſi ſeront honorez tous ceux que la vertu jugera dignes de l'eſtre.

A MUSIS ÆTERNITAS.

Horat. lib. 4.
Od. 8.

Dignum laude virum Muſa vetat mori:
Cælo Muſa beat:

O ſacer, & magnus vatum labor, omnia fato
Eripis, & populis donas mortalibus ævum.

Lib. 4.
Od. 9.

Vixere fortes ante Agamemnona
Multi, ſed omnes illacrymabiles
Urgentur, ignotique longa
Nocte, carent quia vate ſacro.

Nemo tam claro genitus parente,
Nemo tam clara probitate fulſit,
Mox edax quem non perimit vetuſtas,
Vate remoto.

Ovid.

Quid petitur ſacris, niſi tantum fama poëtis?
Hoc votum noſtri ſumma laboris habet.
Cura ducum fuerunt olim, regumque poëtæ,
Præmiaque antiqui magna tulere chori.

L' E-

L'ETERNITE' EST LE FRUIT DE NOS ESTUDES.

Muses que vos sacrez mysteres,
Changent le destin des mortels.
Que ceux qu'un beau desir consacre à vos Autels,
Portent de puissants caracteres.
Leur nom a plus d'éclat que le Flambeau des Cieux.
Le temps rompt, pour leur plaire, & sa faulx, & ses aisles;
Et quand ils ont quitté leurs dépoüilles mortelles,
La gloire en fait autant de Dieux.

V 2   EXPLI-

EXPLICATION.

ONNONS, je vous prie, à la Science, ou si vous voulez à la Vertu, car je tiens que c'est une mesme chose, toute la gloire qu'elle a meritée, & luy rendons tous les témoignages de reconnoissance qu'elle doit justement attendre de nos cœurs. Vous avez veu ce qu'elle a fait pour nous rendre l'admiration des autres hommes. Voyez maintenant ce qu'elle entreprend pour nous eslever jusqu'à la condition des Anges. La voicy, qui foulant aux pieds le monde, & s'élevant au dessus des choses perissables, s'envole dans son sejour natal, & dans ces lieux bien-heureux, où l'immortalité luy prepare une Couronne plus brillante & plus durable que les Estoilles mesmes. Mais elle n'est pas de ces beautez qui se plaisent au changement, ou qui par un volontaire manquement de memoire, enferment dans le tombeau de leurs Amants, l'amour que durant leur vie, elles leur avoient témoignée. Celle-cy force les loix de la necessité. Elle triomphe du pouvoir de la mort, comme elle a fait de la Tyrannie des vices. Elle arrache des mains du Temps, les dépoüilles de ses Adorateurs. Elle descend dans leurs sepulchres ; & r'animant leurs cendres, elle les r'appelle à une seconde vie, d'autant plus desirable qu'elle n'est sujette ny aux persecutions de la Fortune, ny aux foiblesses du corps, ny à cette rigoureuse loy qui impose la necessité de mourir à quiconque reçoit le privilege de vivre. Mais nostre Peintre, pour ne pas donner à la Vertu, des Amants qui fussent indignes d'elle, les a choisis dans le meilleur siecle, & parmy des peuples qui faisoient une particuliere profession de la suivre & de l'adorer. Il luy fait porter au Ciel, deux de ces premiers Heros de la Grece, qui par une magnanimité digne du titre d'enfans des Dieux, ont passé d'un bout du monde à l'autre, pour en exterminer les plus cruels Tyrans, & les monstres les plus effroyables, je veux dire l'ignorance & le vice ; & qui joignant les Armes aux Lettres, & la Politique à la Morale, ont merité que la Vertu elle-mesme, les mit en possession de la Gloire, qu'ils s'estoient acquise par deux si belles & si difficiles voyes.

VIRTUS IMMORTALIS.

Hor. lib. 3. Od. 4.

Virtus recludens immeritis mori-
Cœlum, negata tentat iter via :
*   Cœtusque vulgareis, & udam*
*   Spernit humum fugiente pennâ.*

Seneca Octav.

Consulere patriæ, parcere afflictis, fera
Cæde abstinere, tempus atque iræ dare,
Orbi quietem, sæculo pacem suo,

Hæc summa virtus, petitur hac cælum
via.
Numquam Stygias fertur ad umbras
Inclyta virtus : vivite fortes,
Nec Letheos sævâ per amneis
Vos fata trahent : sed cum summas
Exiget horas consumta dies,
Iter ad superos gloria pandet.

LA VERTU NOUS REND IMMORTELS.

La Vertu nous arrache à la fureur des Parques,
Alcide en la suivant est monté dans les Cieux ;
Et ses chers nourrissons, soit Bergers, soit Monarques,
Sont mis sans difference à la Table des Dieux.

V 5   EXPLI-

EXPLICATION.

Es Mufes nous ont beaucoup donné. Il leur refte toutefois une liberalité à nous faire, & comme c'eft leur couftume de joindre aux recompenfes publiques & immortelles, des fatisfactions parti-culieres & fecrettes, elles veulent que le Philofo-phe fe délaffe l'efprit, & defcende de fes hautes fpeculations, pour s'abbaiffer jufques aux jeux & aux divertiffemens des hommes vulgaires. Les voicy elles-mefmes, qui pour nous en donner l'exemple, prennent le frais dans leur agreable fo-litude. Le fçavant Dieu qui les conduit, a mis bas fon Arc & fes fleches; & endort ces neuf belles Sœurs, par l'harmonie & la douceur de fa Lyre. Ne vous figurez donc pas, que l'eftude nous engage à un travail perpetuel; & que ce foit une gefne qui nous perfecute fans ceffe. Il veut des intermiffions, des reprifes & des divertiffemens. Il veut que de temps en temps l'efprit fe delaffe de fes travaux, de peur qu'il ne vienne à fe rompre pour avoir efté trop tendu. Mais il ne faut pas que ce repos foit une oyfiveté vicieufe; ou un af-foupiffement letargique. Ces doctes Vierges le témoignent affez par leur action. Car bien qu'elles paroiffent endormies, elles font neantmoins deli-cieufement touchées du doux chant de leur Conducteur; & meditent mefme dans leur fommeil, des chofes dignes d'avoir place dans leurs plus nobles travaux.

POST MULTA VIRTUS OPERA LAXARI SOLET.

Horat. lib 2.
Od. 10.

Sperat infeftis, metuit fecundis
Alteram fortem benè præparatum
Pectus. informeis hiemes reducit,
 Jupiter : idem
Summovet. non, fi malè nunc, & olim
Sic erit, quondam cithara tacentem
Sufcitat Mufam : neque femper arcum
 Tendit Apollo.

L'ESPRIT A BESOIN DE REPOS.

Un travail continu, nous eft un long fupplice,
Le Bal qui dure trop laffe le plus difpos.
Il faut ménager à propos,
Le temps qu'on donne à l'exercice,
Et celuy qu'on donne au repos.

EXPLI-

EXPLICATION.

OUS vous souvenez bien qu'un grand Homme de l'Antiquité, faisant une agreable confusion des vertus & des vices de Caton, en disoit ce paradoxe; Que ce grand Homme pouvoit rendre l'yvrongnerie honorable, plutost que d'en pouvoir estre deshonoré. Je ne diray pas la mesme chose de nostre Sage, mais j'en diray une qui en est fort approchante. C'est que le Philosophe peut quelquefois faire le fol sans cesser d'estre sage. Le Tableau que nous regardons, est la confirmation de cette verité. Car les trois figures, dont il est composé, sont comme trois figures hieroglifiques, qui ne signifient autre chose, sinon qu'en temps & lieu une parfaite sagesse peut estre associée avec une courte folie, sans que cette communication puisse luy estre prejudiciable. Regardez, je vous prie, comme l'occasion se presente elle-mesme à la Sagesse; & luy ameine cette petite enjoüée, qui déride les fronts, échauffe la froideur de la melancholie, delasse l'esprit travaillé de longues meditations; & sçait si bien se transformer en la chose qu'elle aime, que peu à peu elle devient une autre Vertu. Ne craignons point aprés une si solemnelle permission, de nous rejoüir lors que l'occasion nous en sera offerte. Souvenons-nous que l'homme est homme; & que ces continuelles contentions d'esprit, qui nous élevent au dessus de la matiere, ne sont proprés qu'à ces Intelligences bien-heureuses, qui en sont entierement separées.

AMANT ALTERNA CAMOENÆ.

Horat. lib.4. Od. 12.	*Misce stultitiam consiliis brevem;* *Dulce est desipere in loco.*
Lib. 2. Sat. 3.	*Juvat interdum, ludere par impar, equitare in arundine longa.*
Ovid. 1. Pont. el. 5.	*Otia corpus alunt, animus quoque pascitur illis:* *Immodicus contrà carpit utrumque labor.*

LE SAGE N'EST PAS TOUSJOURS SERIEUX.

La Vertu n'a rien de sauvage ;
Elle charme les cœurs par l'attrait de ses loix ;
Et permet justement que l'Homme le plus sage,
Fasse l'enjoüé quelquefois.

EXPLICATION.

L ne vous eft plus permis de douter, de la verité que je viens de vous apprendre, puifque la Deeffe mefme de la Sageffe ne paroift en cette Peinture, que pour en rendre témoignage. Elle vous declare par fon action, qu'elle n'entend pas que le Sage vive d'une vie d'efclave ou d'hypocondriaque. C'eft à dire, qu'il ait tousjours les rides fur le front, les larmes aux yeux, les ampoules aux mains, & la trifteffe dans l'ame. Elle veut que nous nous abandonnions judicicufement aux plaifirs honne-ftes, & aux débauches ferieufes; & par maniere de dire, qne nous laiffant vaincre aux charmes innocens du Dieu de la joye & des bons mots, nous faffions pour quelques temps divorce avec les foins, le travail, & les ennuis. Si vous confiderez bien l'action dont la Deeffe des Sages nous offre fon phil-tre, vous remarquerez qu'elle n'y mefle rien delâche, rien de lafcif, rien de vicieux. On diroit mefme, tant elle fait bien toutes chofes, qu'en nous follicitant aux plaifirs, & à la bonne chere; elle nous excite à la modera-tion, à la temperance, & à une façon toute nouvelle de combattre la volupté.

EX VINO SAPIENTI VIRTUS.

Horat lib. 1.
Od. 7.

Albus ut obfcuro deterget nubila cœlo
Sæpe Notus, neque parturit imbreis
Perpetuos : fic tu fapiens finire memento,
Triftitiam, vitæque labores,
Molli, Plance, mero.

Lib. 1. Od.
18.

Siccis omnia nam dura Deus propofuit : neque
Mordaces aliter diffugiunt follicitudines.

Epod. Od.
13.

———— *omne malum vino, cantuque levato,*
Deformis ægrimoniæ,
Dulcibus alloquiis.

Lib 2. Od.
11.

———— *diffipat Evius*
Curas edaces.
———— *nunc vino pellite curas,*
Cras ingens iterabimus æquor.

LA JOYE FAIT PARTIE DE LA SAGESSE.

Le Sage sçait bien choisir
Le temps de rire & de boire ;
Et n'oste point à sa gloire
Ce qu'il donne à son plaisir.

X 2   EXPLI-

EXPLICATION.

C E s perfonnages qui font reprefentez en ce Tableau, executent ce qui leur eft commandé par la Sageffe. Mais ils ne font pas affez adroits pour fuivre exactement la ligne qui leur eft marquée. Ils montent & defcendent incopfiderement ; & font voir qu'ils ne font pas encore bien gueris de leurs imperfections. En effet, les vifages extravagants & les actions bizarrres qui compofent cette Peinture, nous feroient croire qu'il n'y a que des yvrongnes communs en cette affemblée : fi les difcours ferieux qui s'y tiennent mal à propos, ne nous apprenoient que cette compagnie eft bien plus yvre des fumées de l'efprit, que de celles du vin. Au lieu que les feftins ont efté introduits pour donner du repos à l'efprit ; & reparer les forces du corps, ceux-cy en font des exercices ferieux, & n'y laffent pas moins leurs entendements, que leurs corps. Les uns fe querellent fur les plus importants points de la Religion. Les autres fe font des armes des pots & des plats, pour deffendre le party des fectes qu'ils ont embraffées. Quelqu'uns decident les affaires des Eftats, & comme s'ils en avoient la fouveraine adminiftration, partagent les Empires avec la mefme facilité qu'ils ont partagé les meilleurs morceaux du feftin. Tout celà eft pour nous apprendre, que châque chofe a fon temps ; & qu'il n'eft pas moins ridicule de faire le ferieux dans la débauche & parmy la licence des feftins, que de faire des contes pour rire dans l'Ecole des Philofophes, ou dans le Confeil des Princes.

A POCULIS ABSINT SERIA.

Horat. lib. 2.
Satyr. 2.

Difcite non inter lanceis, menfafque nitenteis,
Quum ftupet infanis acies fulgoribus, & quum
Acclinus falfis animus, meliora recufat :
Verum heic impranfi mecum difquirite. cur hoc ?
Dicam, fi potero, malè verum examinat omnis
Corruptus Judex.

LE SAGE RIT QUAND IL FAUT RIRE.

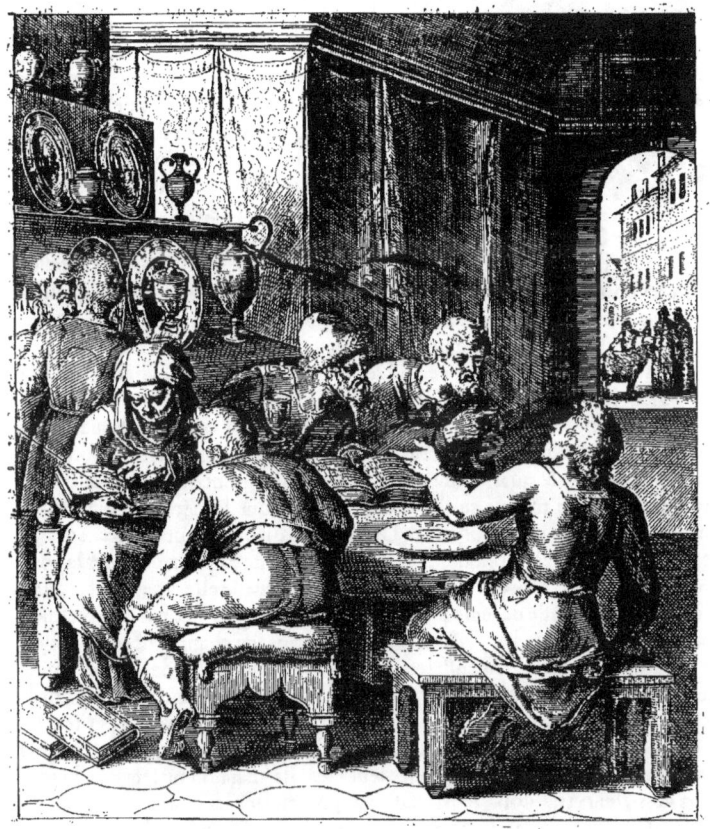

Ne fais point le Censeur des libertez honnestes ;
Ayme les Luths, les Vers, les Festins, & les Festes,
Sois divertissant : Sois joyeux :
L'enjoüé Dieu de la Table,
A choisi le delectable :
L'utile & l'important font pour les autres Dieux.

X 3   EXPLI-

EXPLICATION.

APRES que noſtre Peintre nous a charmé les eſprits, auſſi bien que les yeux, en nous étalant les honneurs & les plaiſirs qui ſont deſtinez pour la Vertu; & nous propoſant cette Couronne d'immortalité, qui eſt la derniere & la plus pompeuſe de toutes celles qui luy ſont preparées, il nous fait voir le revers de la medaille, & comme s'il avoit peur que nous l'accuſaſions de nous avoir trompez, il nous repreſente l'unique malheur, auquel cette meſme Vertu eſt fatalement aſſujettie. Vous la voyez aſſiſe ſur ce Cube inébranlable, tenant le monde ſous ſes pieds; & témoignant par cette majeſté heroïque qui éclatte dans ſes yeux, qu'elle eſt au deſſus de toutes choſes. Cependant, elle eſt attaquée de tous coſtez. Icy le Voluptueux l'accuſe d'avoir des auſteritez barbares, & le plus ſouvent mal-heureuſes. Là le Concuſſionnaire & le Partiſan ſe mocquent de ſes ſcrupules & de ſes deffences. Ils la nomment par riſée, la Deeſſe des hoſpitaux & des gueux; & luy reprochent la miſerable condition de tous ceux qui fuyent le change, les uſures, & les autres execrables, mais faciles moyens de ſe tirer de la bouë. Plus loing, un Traitre luy impute à crime, qu'avant qu'il fit commerce de ſon honneur & de ſa foy, & qu'il vendit aux Eſtrangers ſon Prince & ſa Patrie; elle ne luy fourniſſoit pas meſme ce qu'il avoit beſoin pour le faire languir dans ſa miſere. Bref, les mauvais Juges, les Uſurpateurs du bien d'autruy, les Tyrans, & mille autres peſtes publiques, font tous leurs efforts pour ébranler la conſtance de la Vertu, & renverſer la colomne ſur laquelle elle eſt appuyée. Mais ſi-toſt qu'elle eſt laſſe de leurs blaſphemes, elle ſe venge d'eux par eux-meſmes. La vieilleſſe, les maladies, la recherche des larcins, en changeant la condition de ces Scelerats, changent auſſi leur langage. Ils crient. Ils demandent miſericorde. Ils ſe repentent de leur vie paſſée. Enfin ils invoquent dans leurs malheurs, celle contre laquelle ils ont vomy tant d'injures en leurs proſperitez. Ils confeſſent tout haut, que la Vertu eſt le ſeul treſor, pour l'acquiſition duquel les hommes doivent travailler toute leur vie. Ils maudiſſent leurs lâchetez, leurs vols, leurs trahiſons, leurs aſſaſſinats; & tendant les mains vers le lieu où la Vertu s'eſt retirée, la conjurent de prevenir leur deſeſpoir, ou du moins pour ſa vengeance, d'aſſiſter aux tortures dont leur mort eſt accompagnée.

VIRTUS INVIDIÆ SCOPUS.

Horat. lib. 3.
Od. 24.
—— *quatenus heu nefas* \
Virtutem incolumem odimus, \
Sublatam ex oculis quærimus invidi.

Lib. 1.
Epiſt. 1.
O cives, cives, quærenda pecunia primùm eſt, \
Virtus poſt nummos,

Lib. 3.
Od. 5.
Nec vera virtus, cùm ſemel excidit, \
Curat reponi deterioribus.

L A

LA VERTU EST L'OBJET DE L'ENVIE.

Plus la Vertu te rend proche des Dieux,
Plus ton deſtin eſt ſujet à l'envie.
Mais quand la Parque aura borné ta vie,
Tes Ennemis te voyant dans les Cieux
De ta ſplendeur auront l'ame ravie.

EXPLI-

EXPLICATION.

E Tableau qui est la confirmation du precedent, nous asseure, que la verité qu'il enseigne est aussi vieille que le monde ; & qu'au mesme instant qu'il y eust des hommes sur la terre, il y eust de l'envie. Hercule ce Heros, qui dompta les Monstres qui paroissoient les plus indomptables, ne pût neantmoins estre victorieux de celuy qui l'obligea de tourner son propre courage contre luy-mesme. Celà estant, il faut croire qu'il n'y a qu'un bras qui soit capable d'écraser la teste de ce Serpent ; & que de toutes les armes qui ont esté employées pour le vaincre, la faulx de la Mort est seule assez trenchante pour finir la destinée de cette Hydre renaissante. Nostre Peintre a fort ingenieusement executé cette pensée ; car nous faisant voir l'ancien Alcide, qui foule aux pieds le Serpent prodigieux des marets de Lerne, il nous veut apprendre, que si la Vertu estoit assez forte pour triompher de la rage des Envieux, il n'y en a jamais eu qui deut pretendre à cét avantage comme celle d'Hercule. Cependant, ce Liberateur du monde, ce prodige de valeur, aussi bien que de justice, tenta mille fois en sa vie, cette grande avanture, & la manqua mille fois ; & semble nous dire par son action, que sans le secours de la mort, il n'eust jamais conté l'Envie entre les monstres qu'il a domptez.

POST MORTEM CESSAT INVIDIA.

Horat. lib. 2.
Epist. 1.

—— *diram qui contudit Hydram,*
Notaque fatali portenta labore subegit,
Comperit Invidiam supremo fine domari.
Urit enim fulgore suo, qui prægravat artes
Infra se positas : exstinctus amabitur idem.

Ovid. 3.
de Pont.

Pascitur in vivis livor, post fata quiescit.
Tunc suus ex merito quemque tuetur honos.

L'ENVIE CEDE A LA MORT SEULEMENT.

Le cruel Monstre de l'Envie,
Suit les grands Hommes pas à pas;
Et pour avancer leur trépas,
Hazarde inceſſamment leur Vie.
Mais quand par l'excez de ſa ragé,
Leurs jours ont éteint leur flambeau,
Il arme contré ſoy ſon perfide courage,
Et tombe mort au pied de leur Tombeau.

Y   EXPLI-

EXPLICATION.

OMME ce n'eſt qu'aprés la courſe achevée, que l'on couronne le Vainqueur, ce n'eſt auſſi qu'aprés la fin de la vie, que le Vertueux reçoit ſa veritable recompenſe. Voicy comme un petit crayon du glorieux triomphe que le Ciel promet à la Vertu conſommée. Elle paroiſt victorieuſe de tous ſes ennemis. Elle eſt reveſtuë de ſes armes de parade. Elle eſt environnée d'autant de trophées qu'elle a deffait de differens adverſaires ; & foulant aux pieds ce grand & difficile obſtacle que l'on nomme Fortune, elle éclatte de joye & de gloire. Vous la voyez auſſi bien haut élevée au deſſus de cette region mal-heureuſe, où ſon irreconciliable ennemie a poſé les bornes de ſon Empire. Elle regne abſolument dans le Ciel, & diſpoſe ſouverainement des Couronnes, des Sceptres, & des autres marques de cette juſte & ſupreme Grandeur, que nous ne pouvons acquerir que par la connoiſſance des belles choſes & par la pratique des bonnes. Excitons-nous les uns les autres, je vous prie, à la meditation d'une ſi belle matiere. Voyons ce que les Rois meſme ſont en terre. Conſiderons ce que les Vertueux ſont au Ciel ; & par la comparaiſon des uns & des autres, appliquons-nous ſerieuſement à l'acquiſition d'un bien, devant lequel, le treſor de tous les Creſus, & la puiſſance de tous les Alexandres, ne ſont que bouë, vanité, foibleſſe & fumée.

VIRTUS MORTALIA DESPICIT.

Horat.lib.3.
Od. 2.
Virtus repulſæ neſcia ſordidæ,
Intaminatis fulget honoribus :
  Nec ſumit, aut ponit ſecureis
  Arbitrio popularis auræ.

Lib. 1.
Satyr. 6.
—— *populus nam ſtultus honores*
Sæpè dat indignis, & famæ ſervit ineptus :
Et ſtupet in titulis, & imaginibus.

Claudian:
in Conſulatu Manlii.
Ipſa quidem Virtus pretium ſibi, ſolaque latè
Fortunæ ſecura nitet, nec faſcibus ullis
Erigitur, plauſuve petit clareſcere vulgi :
Nil opis externæ cupiens, nihil indiga laudis,
Divitiis animoſa ſuis, immotaque cunctis
Cladibus, ex alta mortalia deſpicit arce.

LA VERTU TRIOMPHE DE TOUS SES ENNEMIS.

Amants de la Vertu, dignes enfans des Dieux,
A qui tous les méchans ont declaré la guerre.
Vous ne combattez ſur la terre,
Que pour triompher dans les Cieux.

Y 2   EXPLI-

EXPLICATION.

AIS avant que d'arriver à ce comble de gloire & de felicité ; il faut que l'homme se dépoüille de ce qu'il a de terrestre. Il faut qu'il abandonne l'habillement qu'il a reçeu de la mortalité ; & qu'il accomplisse la course qu'il commença le jour qu'il vint au monde. C'est pourquoy nostre Peintre a mis immediatement aprés le triomphe de la Vertu, celuy du Temps & de la Mort. Pour nous le representer au naturel, il expose d'abord à nos yeux ce Tableau de l'année ; & par consequent celuy de nostre vie. Le Printemps paroist le premier, comme le plus jeune & le plus beau. L'Esté le suit, plein de vigueur & de feu. L'Automne marche aprés, chargé de ses fruicts, & de ses plaisirs de peu de durée. Finalement, l'Hyver paresseux, foible, languissant, & accablé de vieillesse, fait tous ses efforts pour ne se pas esloigner de ceux qui le precedent. Le Temps, comme un petit demon qui vole jour & nuict, est au dessus de la teste de ces quatre differens associez. Il marque leur course. Il prescript leur marche ; & les faisant retourner d'où ils estoient partis, les condamne à des vicissitudes qui ne finiront qu'avec le monde, quoy qu'elles finissent tous les jours. Cette representation nous enseigne, qu'il faut commencer dés nostre jeunesse à suivre la Vertu, c'est à dire, à menager le temps qui vole incessamment ; & qui nous portant d'un age à l'autre, avec une vitesse plus surprenante que celle mesme des éclairs, nous conduit imperceptiblement à cét instant horrible, où se fait la dissolution de nous mesme. Soyons sensible à ce grand advertissement ; & essayons autant qu'il nous est possible, de ne pas perdre la plus petite partie d'une chose qui dure si peu ; & qui nous est si importante, puisque d'elle dépend la possession de la gloire qui vient de nous estre proposée.

VOLAT IRREVOCABILE TEMPUS.

Hor. lib. 4.
Od. 7.

Immortalia ne speres, monet annus, & almum
Quæ rapit hora diem.
Frigora mitescunt Zephyris: Ver proterit Æstas;
Interitura, simul
Pomifer Autumnus fruges effuderit: & mox
Bruma recurrit iners.

Virg. 3.
Georg.

Optima quæque dies miseris mortalibus ævi
Prima fugit: subeunt morbi, tristisque senectus,
Et labor, & duræ rapit inclementia mortis.

RIEN

RIEN NE DURE, AFIN QUE TOUT DURE.

Le Temps qui produit les Saiſons,
Les tient l'une à l'autre enchaiſnées ;
Et le Soleil marchant par ſes douze Maiſons,
Renouvelle les Jours, les Mois & les Années.
Il n'en eſt pas ainſi du deſtin de nos jours ;
Quand la Parque en borne le cours,
Nous entrons dans des nuiɛts qui ne ſont point bornées.

Y 3   EXPLI-

EXPLICATION.

OICY le Temps à qui noftre Peintre a rendu fa premiere figure. Il nous declare en ce Tableau, que volant d'un fiecle à l'autre, il entreine avec foy tous les vices & tous les mal-heurs qu'il rencontre dans la rapidité de fa courfe. Les petits demons qui l'accompagnent, font bien aifes du changement qu'il leur propofe; & à voir leur contenance enjoüée on diroit qu'ils ont quelque connoiffance de l'advenir, & qu'ils font affeurez que plus le monde viellira, & plus leurs forces renouvelleront. Mais bien qu'ils ayent commencé de regner dés le commencement des fiecles, il eft toutefois au pouvoir du Vertueux, de leur arracher un Empire où ils fe font fi bien eftablis. Il faut que ce demy-Dieu pour remporter une fi grande victoire, faffe refolution de combatre inceffamment. Car encore que ces Tyranneaux foient fouvent chaffez de leur Throfne; ils y remontent prefqu'auffi-toft en defpit de leurs vainqueurs; & trouvent autant de complices de leur ufurpation, & autant de deffenfeurs; que la Vertu leur peut fulciter d'ennemis. Soyons du nombre des derniers. Prenons les armes fous la conduite d'un fi digne General. Faifons voir au Temps & aux Vices, que nous avons affez de cœur pour les combatre tous enfemble; & que malgré la trahifon de ceux-mefme qui nous devroient eftre les plus fidelles, comme eftant une partie de nous-mefme, nous fortirons victorieux du combat où ils nous ont engagez.

TEMPORA MUTANTUR ET NOS MUTAMUR.

Horat. lib. 3.
Od. 6.

Damnofa quid non imminuit dies?
Ætas parentum pejor avis, tulit
Nos nequiores, mox daturos
Progeniem vitiofiorem.

Senec.

Hoc majores noftri quefti funt, hoc nos querimur, hoc pofteri noftri querentur, everfos effe mores; regnare nequitiam, in deterius res humanas & in omne nefas labi.

TOUS

TOUS LES SIECLES ONT EU LEURS VICES.

En vain l'objet affreux des tourmens eternels,
Fait peur à tout ce que nous sommes.
Tant que la Terre aura des Hommes,
Le Ciel verra des criminels.

EXPLI-

EXPLICATION.

NCORE que le Temps soit le perpetuel ennemy de la Vertu, neantmoins nous ne devons pas tousjours le considerer comme tel. S'il l'engage dans de grands dangers ; & l'expose à la fureur de divers Monstres, il est bon de croire que c'est autant pour la couronner que pour la perdre. Celà estant, il ne faut pas que nous soyons incessamment aux mains avec luy ; & que sans cesse nous luy disions des injures. Le Sage peut fort bien s'y accommoder. Il peut se servir de luy contre luy-mesme, & s'il est permis de le dire sans blaspheme, il est capable d'imiter l'esprit Eternel qui l'éclaire, & tirer le bien du mal mesme. Pour en venir là, il n'est besoin d'autre chose que de faire une tres-exacte distinction du Temps & des Vices qui l'accompagnent. Car pourveu que nous ayons l'addresse d'arrester ce Prothée, nous l'obligerons aysement, à nous accorder tout ce que la Vertu veut que nous exigions de luy. Nous luy ferons payer avec usure, les droicts de nostre hospitalité, & le forcerons de nous porter en depit qu'il en ait, dans le sejour eternel, où nous trouverons nostre conservation & sa ruïne.

TEMPERA TE TEMPORI.

Horat. lib. 3.
Od. 29.

—— *quod adest, memento*
Componere æquus, cætera fluminis
Ritu feruntur, nunc medio alveo
    Cum pace delabentis Etruscum
        In mare: nunc lapides adesos,
Stirpeisque raptas, & pecus & domos
Volventis una, non sine montium
    Clamore, vicinæque sylvæ,
        Cùm fera diluvies quietos
Irritat amneis.

Ovid. 6 Fast.

Tempora labuntur, tacitisque senescimus annis:

I L

IL FAUT S'ACCOMMODER AU TEMPS.

Les Hommes legers & flottans,
Perdent tousiours leur advantage,
Aussi n'appartient-il qu'au Sage,
De sçavoir bien prendre son temps.

Z   EXPLI-

E X · P L I C A T I O N.

 E Vieillard qui nous est figuré dans cette Peintu-
re, a fait ce que nous venons de dire. Il a bien usé
du Temps; & l'ayant receu pour son Hoste, il
en a tiré tout ce dont il a crû avoir besoin. C'est
aussi de fort bon cœur qu'il le laisse sortir de sa mai-
son; pour ce qu'ayant vescu plusieurs années, &
par maniere de parler, vieilly tous deux ensemble, ils ont appris l'un de l'autre, que leur socie-
té ne pouvoit estre eternelle; & que tost ou tard
ils se verroient reduits à la necessité de se separer.
Cét Hoste sage & courtois, voyant que l'heure de leur separation estoit son-
née, luy a de bonne grace ouvert la porte de son logis; & sans se plaindre de
son départ, semble luy témoigner, en luy disant adieu, le contentement qui
luy reste d'avoir logé un si docile & si fidelle amy. Cecy n'est si artistement
representé, que pour apprendre aux ames foibles & timides à se guerir de cette vaine repugnance, qu'elles font paroistre, toutes les fois que le Temps
leur redemande ce qu'il leur a presté. Certes, il nous est honteux, d'estre
des depositaires de mauvaise foy; de nous faire chicaner pour rendre ce que
l'on nous a baillé en garde; & vouloir, s'il nous estoit possible, nous enrichir de ce qui n'est pas à nous. Cependant, c'est le mauvais procedé de ces
insensez, qui se voyant à la fin de leur vie, importunent Dieu & les hommes, pour obtenir des delais, & differer le payement d'une debte à laquelle
ils sont condamnez.

TEMPUS RITE IMPENSUM NE REVOCA.

Horat lib 3.
Od. 29.
  —— *ille potens sui,*
Lætusque deget, cui licet in diem
   Dixisse, vixi: cras vel atra
    Nube polum, pater, occupato,
Vel sole puro: non tamen irritum
  Quodcumque retro est, efficiet: neque
   Diffinget, infectumque reddet
    Quod fugiens semel hora rexit.

NE REGRETTE POINT LE TEMPS PASSE'.

Sans te plaindre du Temps qui coule comme l'onde ;
Use bien de celuy que tu tiens en ta main.
Tu n'as qu'un jour à toy : car peut-estre demain,
La mort te forcera d'abandonner le Monde.

EXPLICATION.

OIcy le supplice auquel sont condamnez ces Hostes indiscrets, qui veulent retenir par force le Temps qui s'en veut aller. Car cét impatient qui ne peut souffrir de contrainte, voyant la force qu'on luy fait pour l'arrester, se change en un fier ennemy, & au lieu qu'il avoit tousiours paru agreable & complaisant, il devient fascheux & cruel, & ne donne à son hoste, que de tristes & funestes marques de sa presence. Vous voyez, comme d'abord il exerce une insupportable tyrannie dans les lieux où l'on l'enferme; & comme pour conserver la liberté qu'on luy veut ravir, il retranche à ses Geoliers, toutes les choses en la compagnie desquelles ils avoient trouvé la vie si charmante & si desirable. D'un costé s'enfuient la Jeunesse & la Beauté, qui ne sçauroient estre separées. De l'autre, se dérobent le Repos & le Sommeil; & les Amours se voyans poursuivis de ce vieux Tyran, prennent leur vol droit vers la Jeunesse & la Beauté, qui sont leurs veritables amantes. Que croyez vous que deviennent les hommes, quand ils se considerent dépoüillez de leurs plus belles parties, & revestus de qualitez si contraires à leur nature, que ce sont autant d'ennemis domestiques, & de bourreaux qui les tourmentent? Certes, ils se repentent jour & nuit d'avoir differé la fin de leur vie; & pour l'avoir trop follement aymée, de s'estre exposés à des supplices, qui leur font continuellement souhaitter cette longue indolance, dont la mort est accompagnée.

QUID ENIM VELOCIUS ÆVO.

Horat lib.2.
OJ. 11.

—— *nec trepides in usum*
Poscentis ævi pauca; fugit retro
Levis juventas, & decor, arida
    Pellente lascivos amores
        Canicie, facilemque somnum.
Non semper idem floribus est honos
Vernis, neque uno Luna rubens nitet
    Vultu; quid æternis minorem
        Consiliis animum fatigas?

IL N'EST RIEN SI COURT QUE LA VIE.

Franc d'Ambition & d'Envie :
Pauvre mortel, passe une vie,
Que la mort tallone de prés.
Peu de chose suffit au Sage ;
Et pour faire un petit voyage,
Il ne faut pas de grands apprests.

Z 3   EXPLI-

EXPLICATION.

E Temps n'a fait que menacer dans les Tableaux que nous avons vûs. En celuy-cy, il commence à executer ses menaces. Comme il voit que l'on ne veut pas le laisser partir de bonne grace, il fait violence à sa prison : & brisant tout ce qui l'enchaisne, il tourne ses armes cruelles & victorieuses contre ce qu'il a le mieux aymé. Il se fait autant de victimes qu'il y a de belles choses dans le monde. La force des Heros. L'Eloquence des Orateurs. La beauté des Dames ont aussi peu de charmes pour vaincre cét ennemy public, qu'en ont les Diademes, les Throsnes, & les autres objets de l'idolatrie des petites ames. Tout ploye sous ce Tyran. Tout cede à sa cruauté. Les prieres y sont inutiles. La force n'y peut rien ; & comme si ce ne luy estoit pas assez de nous destruire, il adjouste l'insolence de la mocquerie, à la fureur, avec laquelle il nous tourmente. Il fait descendre la vieillesse à son secours, sans qu'il en ait besoin ; & nous la presentant comme celle qui ne nous doit quitter qu'avec la vie, il nous en parle avec un sousris mocqueur ; & nous jure, que nous nous trouverons fort bien d'une si sage & si divertissante compagnie.

ÆTERNUM SUB SOLE NIHIL.

Hor. de arte Poet.	—— *mortalia facta peribunt,* *Nedum sermonum stet honos, & gratia vivax.*
Ovid. 15. Met.	*Tempus edax rerum tuque invidiosa vetustas :*
	Facundiam, eloquentiam, gratiarum omne genus, & quælibet corporis bona consumitis.
Propert. Lib. 3.	*At non ingenio quæsitum nomen ab ævo* *Excidet. Ingenio stat sine morte decus.*
	Vivitur ingenio, catera mortis erunt.

TOUT SE PERT AVEC LE TEMPS.

Rayon d'un Soleil invifible ;
Pompe de la Nature : Enchantement des yeux ;
Beauté qui de l'amour rend le trait invincible :
Il eft vray, ton Empire eft grand comme les Cieux.
Mais ne te flate point du pouvoir de tes charmes :
Ne vante point les feux : Ne vante point les armes,
Dont tu defoles l'Univers.
Tu pafferas un jour par le cifeau des Parques ;
Et fi de tes appas il refte quelques marques,
Ce ne fera que dans nos Vers.

EXPLI-

EXPLICATION.

 E s Sages vulgaires croiront avoir fatisfait au nom de Sage, s'ils confiderent les revolutions des chofes comme nous venons de les confiderer ; & s'ils attendent leur derniere heure, fans fe donner la peine de la prevoir & de l'eftudier. Mais le Stoïque, c'eft à dire le Sage parfait & confommé, fe demande à foy-mefme où le meine la vieilleffe ; & comme avec des lunettes d'approche va jufques dans le Ciel, découvrir le fecret de fa Deftinée. Il fe familiarife de bonne heure avec la mort. Il fe fouvient, qu'il a mille fois ouy dire au grand Zenon, que la vie du Philofophe, ne doit eftre qu'une continuelle meditation de la mort. Vous le voyez auffi, qu'il paroift fi attentif & fi calme au milieu de tant de fujets de troubles & d'agitations, qu'il ne s'abandonne ny à l'efperance, ny à la crainte. Il a l'efprit tout entier occupé à la contemplation de cette main jufte, mais inflexible, qui du haut du Ciel tient les cifeaux dont le fil de noftre vie doit eftre coupé ; & pour éviter toute furprife, il y tient les yeux de l'efprit continuellement attachez, afin de voir quand elle fermera l'inftrument fatal, qui doit le delivrer de la fervitude de la matiere.

VERA PHILOSOPHIA MORTIS EST MEDITATIO.

Hor. lib. 1. Epift. 4.

Inter fpem, curamque, timores inter & iras,
Omnem crede diem tibi diluxiffe fupremum.
Grata fuperveniet, quæ non fperabitur, hora.

Plaut. Rud.

Animus æquus optimum eft ærumnæ condimentum.

Lib. 1 Epift. 2.

Tu quamcumque Deus tibi fortunaverit horam,
Grata fume manu, nec dulcia differ in annum.

Qui cupit aut metuit, juvat illum fic domus aut res,
Ut lippum piftæ tabulæ, fomenta podagrum,
Auriculas cytharæ colleftas forte dolentes.

PHILOSOPHER C'EST APPRENDRE A MOURIR.

Ce qui n'eſt pas en ta puiſſance,
Ne doit point troubler ton repos.
Tu balances mal à propos,
Entre la Crainte & l'Eſperance.
Laiſſe faire le Ciel, c'eſt ton maiſtre & ton Roy ;
Et ſupporte avec conſtance,
Ce qu'il a reſolu de toy.

A a   EXPLI-

EXPLICATION.

OI c Y donc la Vieilleſſe que le Temps a ſubtile-
ment introduite en la compagnie des hommes.
Les uns s'en deſeſperent: Les autres y ſont inſen-
ſibles. Mais le Sage qui ſçait que par elle, il doit
parvenir à ſes plus hautes dignitez, la reçoit de
bonne grace. Il luy laiſſe la conduite de ſa famille. Il luy permet d'en chaſſer ce qui luy dé-
plaiſt, & d'y faire venir ce qu'elle trouvera bon.
Vous voyez auſſi la vieilleſſe, qui ſemble cajoler
ce Sage decrepit ; & qui luy remontre avec adreſ-
ſe, que deſormais il ne doit plus penſer aux plaiſirs du Gouſt, du Tact, &
de la Veuë. Elle luy fait auſſi chaſſer de ſa compagnie, ces Demons importuns & voluptueux qui regnent ſur nos paſſions ; & l'oblige de faire un eternel divorce avec la chair & le ſang. Noſtre Sage qui connoiſt ſon artifice,
eſt ravy de s'y laiſſer prendre ; & de renoncer pour jamais à des plaiſirs qui
ſont indignes de ſon âge. Il tourne auſſi volontairement la teſte de l'autre coſté ; & arreſte ſa veuë debile ſur des beautez, bien plus capables de le contenter, que celles qu'il a perduës. Au lieu de l'amour des choſes corruptibles,
il s'attache à la pourſuitte des eternelles ; & au lieu de preſter l'oreille aux ſo-
licitations de la Volupté, il n'écoute plus que la Prudence, que la Mode-
ration & que les autres Vertus, qui peuvent d'une chair caduque, & d'une
matiere toute uſée, en faire une toute nouvelle, & toute immortelle.

VARIA SENECTÆ SUNT BONA.

Hor. de art.
Poet.

Multa ferunt anni venientes commoda ſecum,
Multa recedentes adimunt.
Lenior & melior fis, accedente ſenecta.

Seneca.

Tum demum ſanæ mentis oculus acutè cernere incipit, ubi corpo-
ris oculus incipit hebeſcere.

LA VIELLESSE A SES PLAISIRS.

Roy des avantures humaines,
Qui fais nos amours & nos haines ;
Temps sous qui les plus forts sont enfin abattus,
Que tes bontez nous sont propices ;
Quand tu nous ostes les Delices,
Tu nous fais aymer les Vertus.

Aa 2   EXPLI-

EXPLICATION.

OUR un Sage que vous venez de voir, vous allez eftre environnez d'un grand nombre de fous. Le Sage a prevû fa fin, & en a confideré le moment avec joye. Voicy des infenfez qui fe defefperent au feul nom de la mort; & qui pour tenter les moyens de l'éviter, s'abandonnent à toutes les foiblefles, & à toutes les fuperftitions, que la fourberie & l'erreur ont introduittes dans cë monde. Vous voyez au lieu le plus eminent de ce Tableau, un vieux Sacrificateur accompagné de fes Officiers, & orné des marques de fa Prelature. Il confulte ferieufement les entrailles d'un Bœuf; & pretend de voir dans le ventre d'une befte, des fecrets que les Eftoilles mefme ne nous apprennent que fort confufement. Plus loing, eft peinte une de ces Cages facrées, dans lefquelles les Romains tenoient enfermez les Interprettes domeftiques de leur fortune; & par un aveuglement indigne de leur vertu; cherchoient dans l'avidité ou dans le degouft d'un poulet, la refolution des chofes pour lefquelles ils ne fe fioient pas à leur propre raifon. Plus loing, paroiffent des Chaldeens, des Aftrologues judiciaires, & d'autres femblables Charlatans; & pour faire rougir les curieux impertinents de leurs extravagances, le Peintre a ingenieufement placé dans un éloignement deux de ces miferables affronteurs, qui fe meflent de dire la bonne avanture aux femmes & aux enfans. Tous ces divers vifages ne font reprefentez que pour detromper les petits efprits, & leur ofter l'envie de fçavoir les chofes futures.

DE FUTURIS NE SIS ANXIUS.

Hor. lib. 3. Od. 29.	*Prudens futuri temporis exitum* *Caliginofa noĉte premit Deus :* *Ridetque, fi mortalis ultra* *Fas trepidat.*
Lib. 1. Od. 11.	*Tu ne quæfieris fcire (nefas), quem mihi, quem tibi* *Finem Di dederint, Leuconoë : nec Babylonios* *Tentaris numeros, ut melius, quidquid erit, pati:* *Seu plures hyemes, feu tribuit Jupiter ultimam.*
Lib. 1. Od. 9.	*Quid fit futurum cras, fuge quærere: &* *Quem fors dierum cumque dabit, lucro* *Appone.*
Lib. 2. Od. 11.	—— *quid æternis minorem* *Confiliis animum fatigas?*

NE T'INFORME POINT DE L'ADVENIR.

Scrutateurs des choſes futures,
Ennemis des ſecrets divins :
Ne conſultez plus les Devins,
Pour apprendre vos Avantures.
L'*Art* eſt faux & pernicieux,
Qui dans les grans *Chiffres des Cieux,*
Croit découvrir nos *Deſtinées.*
Dieu ſeul comme *Roy* des humains,
Tient le conte de nos années ;
Et le deſtin du *Monde* eſt l'œuvre de ſes mains.

A a 3   EXPLI.

EXPLICATION.

'AVANTURE que le Peintre nous presente en ce Tableau ; n'est pas moins estrange, qu'elle est rare. Elle nous fait voir qu'il y a une notable difference entre un Sage & un Sçavant ; & qu'assez souvent toute la Rhetorique & toute la Poësie peuvent estre renfermées dans la teste d'un fou. Elle nous apprend aussi, que malgré les predictions contraires, l'heure de nostre mort dépend d'une horloge qui ne peut comme les nostres, estre ny retardée par nostre crainte, ny avancée par nos impatiences. Le bon Vieillard tout chauve & tout blanc, que vous voyez dans une profonde meditation, est ce grand ornement de la Grece, qui a donné le commencement & les beautez à la Tragedie. On l'avoit menacé qu'il finiroit ses jours par la cheute d'une voûte. Pour se mocquer de cette prediction il quitta sa ville, & choisit pour sa demeure ordinaire, les plus agreables solitudes de la Sicile. Mais un jour qu'il estoit attentif à la production de quelque excellente piece, un Aigle qui avoit pris une Tortuë sur le rivage prochain, & qui s'estoit élevé bien haut en l'air, s'arresta malheureusement au dessus d'une si precieuse teste, & n'ayant pas des yeux d'Aigle en cette occasion, la prit pour une pointe de rocher, & l'écraza en voulant écrazer la Tortuë.

TUTE', SI RECTE' VIXERIS.

Horat. lib. 2.
Od. 13.

Quid quisque vitet, numquam homini satis
Cautum est in horas. Navita Bosphorum
    Pœnus perhorrescit : neque ultra
      Cœca timet aliunde fata :
Miles sagittas, & celerem fugam
Parthi : catenas Parthus, & Italum
    Robur : sed improvisa lethi
      Vis rapuit, rapietque genteis.

L A

LA MORT EST INEVITABLE

Fol crois tu eviter la mort,
Que a tes desseins appreste;
Car si ton propre sort ne l'arrage a rebit;
La voix d'un estrange accomplira le jour.

EXPLICATION.

ET infenfé que vous ne pouvez regarder fans rire, eft d'une efpece differente de ceux que vous venez de voir. Celuy cy ne confulte ny les entrailles des beftes, ny la cervelle des Devins. Il fe confulte luy-mefme, & demande à fon miroir, raifon de fon changement. Il fe voit le vifage couvert de rides, & fe veut perfuader que ces rides procedent de la malignité de la glace qui le reprefente. Il luy fouftient qu'il n'eft pas encore en l'âge de la difformité, & que le temps l'auroit trahy fi ces rides eftoient veritables. Il s'eftoit figuré, le pauvre homme qu'il eft, qu'ayant toute fa vie lutté contre fes paffions, refufé à fes fens toutes les chofes deffenduës ; & attaché fon efprit à la pratique des Vertus, il vieilliroit auffi peu que les beautez qu'il avoit adorées. Mais voicy la Pieté, qui fe juftifie des plaintes que cét homme de bien luy fait. Elle luy declare, qu'elle ne retarde ny la vieilleffe, ny la mort. Bien au contraire, qu'elle hafte leur venuë, afin que pluftoft elle donne à ceux qui la fervent, cette jeuneffe perpetuelle qui ne fe trouve qu'au deffus des Cieux. Ce faux religïeux, n'eft pas fatisfait d'une fi fainéte & fi raifonnable excufe. Il murmure contre le Dieu qu'il a fi fcrupuleufement fervy ; & témoignant fon intention mercenaire, & fon amour propre, femble luy reprocher la fin de fa vie, comme la plus haute injuftice qui luy pouvoit jamais eftre faite. Celà nous fait bien connoiftre combien l'homme eft intereffé. Combien il eft hypocrite. Combien il eft amoureux de foy-mefme ; & combien peu il l'eft de cette Eternelle beauté, pour qui feule il doit avoir de l'amour.

SIC VIVAMUS, UT MORTEM NON METUAMUS.

Hor. lib. 2.
Od. 14.

Eheu fugaces, Pofthume, Pofthume
Labuntur anni: nec pietas moram
Rugis, aut inftanti fenectæ
Afferet, indomitæque morti..

Senec.
Epift. 30.

Mors portus eft malorum, perfugium ærumnofæ vitæ. Senefcentes annos, cum rugis, flores mortis cogita ; mortem fructum quietis. Mors requies ærumnarum in luctu atque miferiis eft, & cuncta mortalium mala diffolvit. Nullum fine exitu iter eft.

VIVONS SANS CRAINDRE LA MORT.

Tel par un sentiment brutal,
Croit donnant tout à la Nature;
Eviter le chemin fatal,
Qui nous meine à la sepulture.
Tel pense dans la Pieté,
Trouver un lieu de seureté,
Contre les trois Sœurs homicides.
Ils se trompent égallement :
Le trépas devance les rides,
Ou les suit infailliblement.

B b

EXPLI-

EXPLICATION.

'IDIOT que vous confiderez, eft le portrait de la plufpart des Hommes. C'eft un vieux coupable, qui depuis l'âge de vingt ans , a fait également commerce de fa confcience & de fon argent. Il eft connû par toutes les places où l'ufure eft foufferte. Il n'y a Banquier qui n'ait de fes billets. Il n'y a Caiffe , où il n'ait part. Il n'y a Partifan qui ne foit dans fes papiers. Il n'y a avances à faire, où fous le nom d'un valet, il ne foit intereffé. Par ces il-luftres moyens , il eft parvenû au comble des biens qui le font injuftement paffer pour homme d'importance. Mais il eft en mef-me temps arrivé à cét âge mal-heureux où il ne peut fe fervir de fes richeffes mal-acquifes. Il effaye neantmoins de retarder fa fin par des entreprifes de lon-gue durée. Il prend une jeune femme ; & la prend inutilement pour luy. Il tient une bonne Table , & ne vit que de laict d'Aneffe. Il fait des Affem-blées toutes les nuits ; & la goutte & la gravelle le mettent jour & nuit à la gefne. Enfin , il croit tromper la mort en fe trompant foy-mefme , & n'e-ftant plus qu'un peu de boüe deffeichée , que peut-eftre l'humidité du pre-mier Automne refoudra en fon premier neant , il ne laiffe pas de commencer des Palais , que trente vies comme la fienne ne fçauroient mettre en leur per-fection. Il devroit bien pluftoft , pour l'expiation de fes crimes , faire tra-vailler à fon Tombeau ; & par la conftruction de ce dernier logis , fe preparer bien ferieufement à y entrer.

DE ROGO SENEX COGITET.

Hor. lib. 2.
Od. 18.

Truditur dies die ,
　　Novæque pergunt interire Lunæ.
Tu fecanda marmora
　　Locas fub ipfum funus , & fepulcri
Immemor , ftruis domos.

Quid , quòd ufque proximos
　　Revellis agri terminos? & ultra
Limites clientium
　　Salis avarus?

Lib. 2. E-
pift. 2.

Sic quia perpetuus nulli datur ufus , & heres ,
Heredem alterius velut unda fupervenit undam :
Quid vici profunt , aut horrea , quidve Calabris
Saltibus adjecti Lucani? fi metit Orcus
Grandia cum parvis , non exorabilis auro.

LE

LE VIEILLARD NE DOIT PENSER QU'A MOURIR,

Que te sert vieil Ambitieux,
De voler toutes nos Provinces ;
Pour élever en mille lieux,
Des Palais dignes de nos Princes ?
Ignores-tu que les destins,
Aprés quelques fâcheux matins,
Vont borner le cours de ta vie ?
Déja tes plus beaux jours ont esteint leur flambeau.
Pense donc à la mort. Ton âge t'y convie ;
Et si tu veux bastir , va bastir un Tombeau.

Bb 2

EXPLI-

EXPLICATION.

 OICY des Hommes qui veritablement penſent à la mort. Mais celà n'empeſche pas, que ce ne ſoyent des fous d'une eſpece differente des prece- dens. Comme ce baſtiſſeur du dernier Tableau, ils croyent que la mort eſt aſſez complaiſante pour ne les pas fâcher, ou aſſez diſcrete pour ne pas venir où elle n'eſt pas appellée. L'un n'oſe penſer à la guerre, pour ce qu'il croit que c'eſt là princi- palement, où la mort ne conſidere ny le merite, ny l'âge. L'autre ſe perſuade, que celuy-là eſt bien inſenſé, qui ſe hazarde ſur la mer, qui ſe fie à la plus infidelle de toutes les choſes; & qui vit en lieu où il n'eſt ſeparé de la mort que par l'épeſſeur d'un ais. Le troiſieſme, qui cent fois a oüy dire que le vent de l'Automne, & l'inconſtance de cette ſaiſon, ſont autant de Miniſtres dont la mort ſe ſert pour dépeupler le Monde, ſe tient clos & couvert dans ſa chambre. Il y en- tretient par artifice, ce qu'il y a de plus ſain dans la ſaiſon la plus reglée; & ſe retranche contre la mort par tous les Aphoriſmes de la Medecine. Mais ces robbes fourrées, ces callottes à longues oreilles, & toute ſa Philoſophie Ga- lenique, ne retarderont pas d'un jour la priſe de cette place, qu'il croit ſi bien deffendre. La mort trouve paſſage au travers de ſes doubles chaſſis, de ſes paravents, & de ſes fauſſes portes; & le tuë auſſi bien que ceux qui ſont tous les jours expoſez aux perils ou de la mer, ou de la guerre.

IMPROVISA LETHI VIS.

Horat. lib.2. Od. 14.	*Fruſtra cruento Marte carebimus, Fractiſque rauci fluctibus Adria, Fruſtra per Autumnos nocentem Corporibus metuemus Auſtrum.*
Lib. 2. Sat. 6.	—— *neque ulla eſt Aut magno aut parvo lethi fuga.*
Lib. 9. Od: 2.	*Mors & fugacem perſequitur virum, Nec parcit imbellis juventæ Poplitibus, timidoque tergo.*
Seneca in Epiſt.	Incertum eſt, quo te loco mors exſpectat, itaque tu illam omni loco exſpecta.

IL N'Y A POINT DE PREVOYANCE CONTRE LA MORT.

Ne tante jamais la Fortune ;
Vy bien loin des perils de Mars, & de Neptune ;
Fuy le ſerain des nuits ; & les chaleurs du jour ;
Tout ce ſoin t'eſt fort inutille.
Paris qui fut un lâche, & ne fit que l'amour,
Eſt mort auſsi jeune qu'Achille.

EXPLICATION.

A Mort commence à combattre ; & par consequent à vaincre. Nous sommes arrivez à l'accompliſſement des Propheties. L'heure fatale eſt ſonnée. Il faut partir ; & aller au lieu, où une Juſtice incorruptible rend à chacun ſelon ſes œuvres. Le
galand homme que vous voyez dans ce Tableau,
n'avoit jamais medité cete matiere. Auſſi n'a-t'il
dans l'ame que la terreur de ſa fin ; & devant les
yeux, que l'objet des pertes qu'il va faire. Il a de
belles maiſons, une belle femme, & de beaux
enfans ; & voudroit bien joüir pluſieurs ſiecles, des douceurs qu'il trouve en
leur poſſeſſion. Cependant, lors qu'il y penſe le moins, il ſe voit contraint
d'abandonner tant de differentes richeſſes. Il faut qu'il quitte ſes maiſons en-
chantées, où la pompe des meubles diſpute avec les delices des promenoirs.
Il regarde avec deſeſpoir, ces longues allées d'Hypreaux, & ces couverts
de Cyprez & de Phileries, ſous leſquels il ſe promettoit de trouver d'agreables Hyvers au milieu des Eſtés les plus brûlants ; de confondre l'obſcurité
des nuits avec la lumiere des jours ; & dans la rigueur de l'Hyver trouver la
verdure des plus beaux Printemps. C'eſt bien vainement qu'il témoigne le
regret qu'il a de les abandonner. Il a receu le commandement de les laiſſer à
ſes Succeſſeurs. Il eſt obligé de l'executer ; & de s'arracher d'entre les bras
d'une femme qui n'eſt poſſible pas trop fâchée de paſſer en ceux d'un plus jeune que luy. Les larmes qu'elle répand, vous font infailliblement accuſer de
calomnie, la liberté de mes ſoubçons. Mais ne ſoyez pas ſi fort indulgeant
aux artifices d'un ſexe naturellement trompeur. Aprés ce que nous avons vû
de la Matrone d'Epheſe, il ne nous eſt plus permis de croire aux pleurs, aux
gemiſſemens, ny aux careſſes meſme des femmes.

MORTE LINQUENDA OMNIA.

Hor. lib. 2.
Od. 14.

Linquenda tellus, & domus, & placens
Uxor, neque harum, quas colis, arborum,
  Te præter inviſas cupreſſos,
    Ulla brevem dominum ſequetur.
Abſumet hæres Cæcuba dignior,
Servata centum clavibus : & mero
  Tinget pavimentum ſuperbum,
    Pontificum potiore cœnis.

Ovid. 3.
Amor. el. 8.

Scilicet omne ſacrum mors importuna profanat,
  Omnibus obſcuras injicit illa manus.

Senec.
Epiſt. 60.

Sapiens ad omnem incurſum munitus eſt, non ſi paupertas, non
ſi luctus, non ſi ignominia, non ſi mors impetum faciat, pedem
referet. Interritus contra illa ibit & inter illa.

L A

LA MORT NOUS DESPOUILLE DE TOUTES CHOSES.

Aymable Solitude où j'ay l'ame ravie,
Et gouste le bon-heur que les Cieux m'ont promis,
Livres qui nourrissez les plaisirs de ma vie :
Et vous rare beauté que j'ay tousiours servie,
Malgré deux puissants esnemis.
Un jour viendra que la Mort blesme,
M'arrachant moy-mesme à moy-mesme,
M'arrachera du cœur vos objets amoureux.
Je passeray dans l'ombre eternellement noire ;
Et perdant la memoire,
Je perdray malgré moy, l'amour que j'ay pour eux.

EXPLI-

EXPLICATION.

E u t-eftre que celuy que la Mort vient d'arracher d'entre les bras de fa Femme, auroit efté mieux traitté, s'il eut pû produire contre fes violences, les vieux titres de fa nobleffe, ou les marques de fa dignité. Nullement. Par tout où paroift la Mort, elle eft également audacieufe, également puiffante, également abfoluë. Si elle ofte infolamment la vie aux miferables. Si elle a de l'orgueil contre les humbles, & de la force contre les foibles ; elle attaque avec les mefmes armes, les heureux, les fuperbes, les forts. La voicy, qui d'un coup de pied enfonce la porte d'une haute Tour, dans laquelle un Roy s'eftoit renfermé pour éviter fes atteintes. Mais cette impitoyable contemptrice des Couronnes, commande outrageufement à ce Prince de defcendre ; & pour ce qu'il n'a pas affez toft obey, elle le precipite du haut de la Tour en bas, afin que par cette cheute, elle l'égale au pauvre Savetier, qui tenoit fa boutique au pied de fes murailles. Je voy fur vos vifages, des fignes de voftre étonnement ; & me perfuade que vous voudriez bien ne pas continuer voftre promenade. Mais il vous faut de bonne heure accouftumer à une chofe, que toft ou tard vous eftes obligez de fouffrir. Ceux qui nourriffent les Lions, & qui vivent avec eux, les apprivoifent par leur communication. Il en fera de mefme de la mort. Si nous nous pouvons familiarifer avec elle ; & par l'accouftumance, nous défaire de l'horreur que fa deformité nous donne, nous nous la rendrons fi agreable, qu'elle nous fera concevoir un jufte mépris de la vie.

CUNCTOS MORS UNA MANET.

Horat. lib 1.
Od. 4.

Pallida mors æquo pulfat pede pauperum tabernas
   Regumque turres.

Lib 2. Od.
18.

       —————— *æqua tellus*
Pauperi recluditur,
   Regumque pueris : nec fatelles Orci
Callidum Promethea
   Revexit auro captus. Hic fuperbum
Tantalum, atque Tantali
   Genus coërcet : hic levare funCtum
Pauperem laboribus,
   Vocatus, atque non vocatus audit.

LA MORT NOUS EGALE TOUS.

Toy , de qui la Tefte fe couvre,
De ce brillant Metail qui fait fuivre les Roys;
Ne croy pas que la Mort t'exempte de fes loix,
Elle frappe aufsi fort à la porte du Louvre,
Qu'à celle du moindre Bourgeois.

C c   EXPLI-

EXPLICATION.

E s Stoïques, qui se plaisent à considerer la Mort sous toutes sortes de visages, afin que de quelque façon qu'elle se presente à eux, ils puissent la voir sans estonnement, ont obligé nostre Peintre, de nous la monstrer sous la figure effroyable que vous voyez. Elle est occupée à distribuer les billets, qui servent de passeport aux ames qui sont détachées de leurs corps, pour entrer dans les lieux que la Providence divine leur a destinés. Chaque ame reçoit son passeport ; & se faisant un passage au travers des épaisses tenebres qui l'environne, gaigne ce penible & deplorable chemin, où l'aveugle marche aussi droit que les plus clairs-voyants. Mais à dire la verité, ces imaginations melancholiques & ces spectacles hydeux, dont les Peintres essayent d'effrayer nos ames, & leur faire concevoir de l'horreur pour la Mort, ne sont capables de surprendre que des enfans & des femmes. Un sage, se rit de ces masques & de ces habits de balet, dont la peinture couvre la Mort ; & luy donnant en sa pensée, la veritable figure qu'elle doit avoir, la considere de la mesme sorte qu'il regarde son origine. Il voit qu'il a commencé. Il connoist qu'il doit finir. Il sçait mesme, qu'il commença de mourir à l'instant mesme qu'il commença de vivre. Vous avez les mesmes sentimens, pour ce que vous avez le mesme esprit. Achevez donc de voir avec plaisir les autres portraits de la Mort ; & par eux de vous disposer à souffrir l'Original.

MORTIS CERTITUDO.

Hor. lib. 2.
Od. 3.

Divesne prisco natus ab Inacho,
Nil interest, an pauper, & infima
De gente sub dio moreris,
Victima nil miserantis Orci.

Omnes eodem cogimur : Omnium
Versatur urna : serius, ocyus
Sors exitura, & nos in æternum
Exilium impositura cymbæ.

Hic servus, dum vixit, erat, nunc mortuus idem,
Non quàm, tu Dari Magne, minora potest.

Lib. 3. Od.
1.

Est, ut viro vir latius ordinet
Arbusta sulcis : hic generosior
Descendat in campum petitor :
Moribus hic, meliorque fama
Contendat : illi turba clientium
Sit major : Æquà lege necessitas
Sortitur insigneis, & imos :
Omne capax movet urna nomen.

RIEN

RIEN DE SI CERTAIN QUE LA MORT.

Toutes les fois qu'il plaiſt au fort,
De nos Jours incertains la courſe eſt achevée.
Qu'eſt devenu Loüis? Il eſt auſſi bien mort,
Que Pharamond & Meroüée.

EXPLICATION.

NOSTRE fçavant Deffignateur femble vouloir épuifer tout fon art, & toute fon imagination fur la matiere de la Mort, tant il fe plaift à la repre-fenter fous diverfes poftures. Son Poëte luy a donné la penfée de ce paffage fatal, qui fait peur aux plus grands courages; & où les Rois eftant obligez de perdre les droits de leur fouveraineté, defcendent jufqu'à la condition du moindre de leurs fujets. Celuy que vous voyez entrer dans la Barque de Caron, & payer triftement les arriera-ges de fa mortalité; eft fuivy d'un nombre infiny d'autres mortels, riches & pauvres, vieux & jeunes, doctes & ignorans, qui par divers chemins fe font rendus à ce rivage tenebreux, où toutes les conditions deviennent éga-les, & toutes les connoiffances pareilles. Irus y paroift auffi pompeux & auffi riche, que le fameux Roy de Lydie. Alexandre & Darius y font également victorieux; & n'ayant plus de terres & de mers à partager, fe rient recipro-quement de leurs conqueftes & de leurs pertes. Ferdinand & Guftave s'y pro-meinent en paix; & s'eftant defpoüillez des fentimens qui les ont fait perir dans leurs querelles, ils voudroient bien repaffer du cofté de la vie; ou du moins pouvoir apprendre à leurs Succeffeurs, que de toutes les folies, il n'y en a pas une fi eftrange, que de courir au travers des fers & des feux, à la pof-feffion d'une chofe qu'on eft contraint d'abandonner, avant mefme que de l'avoir poffedée.

COMMUNIS AD LETHUM VIA.

Lib. 1. Od.
14.
Charontis unda fcilicet omnibus,
Quicumque terræ munere vefcimur,
Enaviganda, five Reges,
Sive inopes erimus coloni.

Ovid.
Fata manent omnes, omnes exfpectat avarus
Portitor, & turbæ vix fatis una ratis.
Tendimus huc omnes, metam properamus ad unam:
Omnia fub leges mors vocat atra fuas.

LE CHEMIN DE LA MORT EST COMMUN A TOUS.

Naiſſons ou Bergers ou Monarques,
Quand le ſort a marqué noſtre dernier moment,
Nous tombons indifferemment,
Sous la main ſanglante des Parques.
Nous deſcendons aux triſtes bords,
Où commande un Nocher avare;
Et payons le Tribut barbare,
Que Pluton exige des Morts.

C c 3   EXPLI-

EXPLICATION.

E commence à me laffer moy-mefme de ce grand nombre de Tableaux, qui ne reprefentent qu'une mefme chofe. Noftre Peintre toutefois ne les a pas faits fans raifon ; & je me perfuade, que fçachant l'horreur que nous avons du fouvenir de la Mort, il a crû qu'il ne pouvoit trop de fois, nous renouveller cette importante verité, qu'il n'y a perfonne exempt de la neceffité de mourir. Voyez vous cét homme eftendu mort fur fon lit, qui ne demande que le cercueil. Si la Pieté, l'Eloquence & la Nobleffe pouvoient delivrer quelqu'un de la tyrannie de la mort, il feroit encore dans cette grandeur éclattante, avec laquelle il vouloit éblöüir les yeux de tout le monde. Mais foyons eloquents ou barbares. Soyons Empereurs ou Bergers. Soyons jeunes ou vieux, il faut que nous rendions à la Nature ce qu'elle nous a prefté. Il faut retourner d'où nous fommes venus. Il faut abandonner les biens, dont nous avons efté d'une façon ou d'autre, mauvais dépofitaires. Il faut fe dépöüiller de la pourpre, defcendre de deffus les fleurs de lis, devenir Soliciteurs timides, aprés avoir efté Juges fouverains, & peut-eftre Juges corrompus ; & pour comble de douleur, remplir les tombeaux qui nous attendent. S'il fe rencontre quelque difference en nos avantures, elle confifte toute en quelque peu de marbre & de bronze, que la vanité de nos Succeffeurs font mettre en œuvre, pour publier plus pompeufement, l'infirmité de la condition des hommes.

INEXORABILE FATUM

Horat lib. 4.
Od. 7.

Cum femel occideris, & de te fplendida Minos
    Fecerit arbitria :
Non Torquate, genus, non te facundia, non te
    Reftituet pietas.
Cuncta manus avidas fugient heredis, amico
    Quæ dederis animo.
Infernis neque enim tenebris Diana pudicum
    Liberat Hippolytum.

Catull. in
Epigr.

So'es occidere & redire poffunt :
Nobis cum femel occidit brevis lux,
Nox eft perpetuò una dormienda.

Define fata Deum flecti fperare precando.

Virg. 10.
Æneid.

Stat fua cuique dies ; breve & irreparab
Omnibus eft vitæ.

L A

LA MORT EST INEXORABLE.

Ce fameux Orateur dont le puissant discours
Usurpa sans effort l'Empire de la Grece,
Manqua d'eloquence & d'adresse,
Quand la mort vint trancher le filet de ses jours.
Cent Rois pleins de cœur & de gloire,
Ont perdu la clarté des Cieux;
Et le devot Loüis qui fut si cher aux Dieux,
Ne vit plus qu'en nostre memoire.

EXPLI-

EXPLICATION.

I l'obſcurité de cette voûte effroyable vous permet de remarquer ce qui y eſt caché, vous n'y
verrez que les Vaiſſeaux funeſtes, où ſont con-
ſervez les reſtes inutiles des flammes & du temps.
Liſez les titres pompeux qui ſont gravez en bronze, au deſſus de ſes urnes d'Agate, de Lapis, ou
de Criſtal ; il vous apprendront, que les plus
grands Monarques des ſiecles paſſez ne ſont plus
qu'un peu de terre. Ils ont eſté Conquerants. Ils
ont eſté Maiſtres des Nations. Ils ont eſté ado-
rez des hommes. Celà veut dire, qu'ils ne ſont plus ny Conquerans, ny
craints, ny aymez. Voicy dans ce petit Vaiſſeau de verre les cendres de la
plus parfaite beauté de ſon ſiecle. Conſiderez bien en ce racourcy, toutes
les graces, tous les charmes, toutes les merveilles pour qui vous ſouſpirez ;
& vous ſerez vainqueurs de vos vainqueurs. Vous aurez honte de voſtre
ſervitude ; vous romprez les chaiſnes qui vous arreſtent ; puis que vous
ſçavez bien que les Beautez, dont vous eſtes idolatres, ne ſeront pas exemp-
tes du deſtin de leurs ſemblables. Mais je voy bien que ce ſejour vous dé-
plait : & que vous n'eſtes pas reſolus de demeurer longtemps avec les Phan-
tômes & les Spectres qui l'habitent. Ce doit eſtre toutesfois le lieu de vos
meditations & de vos retraittes. Ce doit eſtre l'Eſcole, où vous dévez apprendre ce qu'il y a de plus important en ce monde. Enfin, ce doit eſtre le
Temple où l'Autheur de voſtre vie, veut que tous les jours vous luy en
ſacrifiez quelques momens.

ECCE SUMUS PULVIS.

Horat. lib 4.
Od. 7.

Damna quidem celeres reparant cæleſtia Lunæ :
 Nos ubi decidimus,
Quò pius Æneas, quò Tullus dives, & Ancus,
 Pulvis & umbra ſumus.
Quis ſcit, an adjiciant hodiernæ craſtina ſummæ
 Tempora DI ſuperi ?

Lib. 1. Od 4.

Vitæ ſumma brevis ſpem nos vetat inchoare longam,
 Jam te premet nox, fabulæque Manes
Et domus exilis Plutonia.

Pindar.

Quid autem aliquis, quid autem nullus ?
 Umbræ ſomnium, homo.

L'HOM-

L'HOMME N'EST RIEN QU'UN PEU DE BOUE.

Tombeaux de Jaspe & de Porphire,
Titres d'or, Vazes precieux,
Ce que vous offrez à nos yeux,
Nous est un grand sujet de rire.
Ces Cesars & ces Alexandres,
Qui font vos plus riches tresors;
Que sont=ils qu'un reste des cendres,
Que la flame a fait de leurs corps?

EXPLI-

EXPLICATION.

UISQUE la Mort eſt la borne de toutes choſes, il eſt juſte qu'elle le ſoit de nos promenades & de nos entretiens. Arrettons-nous donc, puis qu'elle nous arrette. C'eſt elle qui bien plus juſtement qu'Hercule, doit graver ſur les Colomnes qui ſont peintes dans ce Tableau. Que perſonne ne paſſe outre. Vous voyez auſſi que tout demeure-là. Ces Couronnes, ces Tiares, & ces autres marques de puiſſance, ſont mélées avec les menottes & les foüets, qui ſont le partage des eſclaves; & vous enſeignent qu'eſtant arrivez à ce point, il ſe fait un mélange & une égalité de toutes choſes. Les qualitez y ſont confonduës. Les dons de la Nature s'y perdent avec ceux de la Fortune. Mais diſons pour la gloire de la Vertu, qu'elle s'éleve au deſſus de ſes bornes fatales; & que comme elle tire ſon origine du Ciel, où la Mort n'a point d'Empire, elle triomphe auſſi de cette inſolente Victorieuſe; & luy apprend qu'il n'y a que la moindre partie de l'homme, qui ſoit ſoûmiſe à ſa tyrannie.

MORS ULTIMA LINEA RERUM EST.

Lib. 3. Od. 30.

Non omnis moriar, multaque pars mei
Vitabit Libitinam.

Sit, modus laſſo maris, & viarum,
Militiæque.

Poſt obitum benefacta manent, æternaque Virtus
Non metuit, Stygiis ne rapiatur aquis.

——— *nil non mortale tenemus,*
Pectoris exceptis ingeniique bonis.

Poſt labores, artium ſtudia, dignitates, opes, ſequuntur flagella, dolores, aliaque mala, vitam fugacem exercitantia; ſola Virtus manet ſuperſtes.

L A

LA MORT EST LA FIN DE TOUTES CHOSES.

C'en est fait. Tout est consommé,
Voicy l'achevement des choses.
Mort il faut que tu te reposes,
Et brizes pour jamais ton dard envenimé.
Mais ô ! qu'en un moment ta fortune est changée.
Tu cedes à ton tour à ta fatalité;
Et la Nature humaine heureusement vengée,
S'éleve par ta mort à l'immortalité.

EXPLI-

LE
TABLEAU
DE
CEBES,
OU
L'IMAGE
DE LA
VIE HUMAINE.

AVERTISSEMENT
AU LECTEUR.

'Ay fait adjoufter à cét Oeuvre, le Tableau de Cebes; parce que c'eſt un Chef-d'œuvre de l'Antiquité, & une belle Peinture de la Vie humaine, faite par un des plus excellens Maiſtres qui fut jamais. Ce Philoſophe. vivoit quatre cent ſoixante ans, ou environ, avant la Naiſſance du Fils de Dieu. Il eſtoit natif de Thebes en Beotie, & fut Diſciple de Socrate. Diogene Laërce dit qu'il compoſa trois Dialogues, dont deux ont eſté perdus. De ſorte qu'il ne nous reſte plus que celuy-cy, qu'il intitula le Tableau de la Vie humaine. Encore quelques Critiques, comme Wolfius, foûtiennent qu'il n'eſt pas de luy; à cauſe qu'il y eſt fait mention de Platon, qui vivoit du meſme Temps. Mais cette conjecture eſt ſans fondement: parce qu'il s'enſuivroit par la meſme raiſon, que Platon n'auroit pas fait le Dialogue de l'Immortalité de l'Ame; puiſqu'il y eſt parlé de Cebes. Quoy qu'il en ſoit, il eſt certain que cette Piéce eſt tres-belle & tres-ancienne. Car Tertullien remarque que Tertullien le Juriſconſulte ſon Parent, en donna une explication au Public. La reputation univerſelle qu'elle a euë, depuis plus de vingt Siecles qu'elle eſt dans le Monde, a eſté ſi extraordinaire, qu'elle a eſté traduite preſque en toutes les Langues. J'en ay conté meſmes juſques à prés de quinze differentes Verſions Latines. Velſius, Odaxius, Wolfius & Caſelius ont le plus travaillé ſur cét Ouvrage, mais particulierement Velſius. Car il a fait ſur ce

A 2   Tableau

4

Tableau un ample Commentaire, qui contient presque toute la Morale des Platoniciens. Mascardi l'a traduit aussi en Italien, & Monsieur de Saumaise depuis quelque temps nous en a donné une ancienne Paraphrase Arabique, & une Version Latine de Jean Elichman, qui a esté un des plus Sçavans de son Siecle dans les Langues Orientales. Mais l'Auteur de cette Paraphrase a fait une faute estrange, & qui me semble assez considerable pour n'estre pas icy oubliée. Il s'est imaginé que le Vieillard qui explique ce Tableau, s'appelloit Hercule ; parce que Cebes s'écrie en quelques endroits, ô Hercule! Ce qui n'est qu'une exclamation, que les anciens Grecs & Latins avoient accoustumé de faire, quand quelque chose les surprenoit. Il n'y a rien de si commun dans nos Livres.

Au reste, pour soulager la memoire, il y a une Image icy jointe, qu'il est necessaire de voir.

JUVENAL. *Sat.* I.

Quidquid agunt homines, Votum, Timor, Ira, Voluptas,
Gaudia, Discursus, nostri est farrago Libelli.

LE

LE
TABLEAU
DE
CEBES.

C OMME nous nous promenions dans le Temple de Saturne, où nous confiderions divers prefens qu'on y avoit offerts : entre autres nous apperçûmes à l'entrée un Tableau dont la Maniere eftoit eftrangere , & le Sujet tout particulier. Nous ne pûmes jamais nous imaginer ce que ce pouvoit eftre, ny de quel temps il eftoit. * Car bien que ce qui y fut reprefenté, reffemblaft en quelque forte à une Ville & à un Camp, ce n'eftoit pourtant ny l'un, ny l'autre. C'eftoit une grande Enceinte , dans laquelle

* C'eft ainfi que Velfius explique πέθων.

deux autres Enceintes eftoient renfermées , dont l'une eftoit plus grande & l'autre plus petite. Vers la Porte de la Premiere il y avoit plufieurs Perfonnes, & au dedans l'on appercevoit une affemblée de Femmes. Mais à l'entrée on voyoit un Vieillard debout, qui avoit la façon d'un Homme qui fembloit avoir quelque chofe à commander à Ceux qui entroient. Aprés avoir efté fort long-temps à réver fur cét Enigme, comme nous ne fçavions plus enfin que penfer, il fe trouva-là par bonheur un Homme fort âgé, qui s'eftoit arrefté auffi bien que nous à confiderer cette Peinture. Ce bon Homme aprés avoir bien obfervé toutes nos actions , nous rit de difcours. Ce n'eft pas merveille , mes Amis, fi vous eftes empéchez à deviner l'explication de ce Tableau. Peu de Perfonnes, mefme de ce Païs en ont la connoiffance. Ce Prefent n'a pas efté fait par Ceux de cette Ville. Un Etranger vint autrefois en ce Païs , qui n'eftoit pas moins recommandable pour la beauté de fon Efprit , que pour fa profonde Sageffe. Cét Homme imitoit en toutes fes paroles & en toutes fes actions la façon de vivre de Pythagore & de Parmenides. Ce fut luy qui dédia ce Temple & cette Peinture à Saturne. Je luy demanday s'il avoit connu ce Perfonnage. Ouy, dit-il, je l'ay mefmes admiré fort longtemps. Car quoy qu'il ne fût qu'un jeune homme , il ne laiffoit pas de parler de toutes chofes tres-pertinemment. Je l'ay entendu plufieurs fois, adjoufta-t'il, difcourir fur le Sujet de ce Tableau. Je vous conjure par les Dieux immortels, m'écriai-je, de nous l'expliquer, fi voftre commodité vous le permet. Vous nous obligerez infiniment ; car nous avons grande paffion d'apprendre ce qu'il fignifie. Tresvolontiers, dit-il. Mais il eft neceffaire auparavant que je vous avertiffe du

A 3

dan-

danger où vous vous mettez. Car fi lors que je vous auray raconté ces Chofes vous les comprenez parfaitement, vous deviendrez Sages & Heureux : finon vous ferez Ignorans & Stupides, & vous menerez une Vie méchante & mife-rable. Cét Énigme a du rapport avec celuy que propofoit la * *Sphinx*, qui-conque ne le pouvoit expliquer eftoit par elle mis à mort : Au contraire elle fauvoit la vie à Celuy qui en trouvoit l'explication. Il en eft de mefme de cet-te Peinture. Car la Folie eft comme une *Sphinx* parmy les Hommes, qui pro-pofe obfcurement ce qui eft bon, mauvais, & indifferent. Si Quelqu'un ne les peut difcerner, elle ne le tuë pas tout d'un coup, comme la *Sphinx* ; elle le traite avec bien plus de rigueur. Car elle le fait mourir peu à peu, comme Ceux à qui l'on donne la Queftion. Si Quelqu'un auffi vient à avoir con-noiffance de ces Chofes, outre qu'il fe garantit de cette infortune, la Folie dif-paroift, & il eft parfaitement heureux tout le refte de fes jours. Je vous con-jure donc pour l'amour de vous-mefmes, nous dit-il, d'apporter toute voftre attention à ce que je vais vous raconter. Juftes Dieux, m'écriay-je, dans quelle impatience vous nous mettez d'apprendre ces Chofes, fi elles font comme vous les dites ! N'en doutez point, repartit-il. Je vous prie donc, luy dis-je, de nous tirer d'impatience, & de croire que nous craignons trop le danger dont vous nous menacez, & que nous eftimons trop auffi une fi belle recompenfe pour laiffer échaper la moindre de vos paroles.

* C'eftoit une De-vinereffe qui avoit le vifage d'une fille & le refte du Corps d'un Lyon.

Ayant donc pris auffi-toft une petite Baguette, & la portant fur le Ta-bleau, Voyez vous, dit-il, cette grande Enceinte ?

Ouy nous la voyons.

Il eft neceffaire que vous fçachiez premierement, que ce Lieu eft appellé *la Vie*, & que les Perfonnes qui font debout auprés de la Porte, font celles qui y doivent entrer. Pour ce Vieillard que vous voyez élevé au deffus de tous les Autres, qui tient un Papier d'une main & qui fait un Signe de l'au-tre, il eft appellé *Génie*. Il ordonne à Ceux qui entrent ce qu'ils doivent faire, quand ils feront dans *la Vie*, & leur montre le Chemin qu'ils doivent tenir pour y vivre Heureux. Dites-moy de grace, où eft ce Chemin, & ce qu'il faut faire pour y parvenir ? Ne voyez-vous pas vers la Porte, par où paffent toutes ces Perfonnes, qu'il y a un Thrône, fur lequel eft affife une Femme qui eft fardée, & qui femble avoir beaucoup de charmes pour perfuader ? Ce que vous dites eft vray. C'eft celle qui a une Coupe dans la main. Comment s'appelle-t'elle ?

On la nomme *l'Impofture* ; parce qu'elle trompe generalement tous les Hommes. Quel eft fon office ? C'eft, repliqua-t'il, de faire prendre un Breuvage à Ceux qui entrent en *la Vie*, par lequel elle leur communique *l'Erreur & l'Ignorance*.

Qu'arrive-t'il aprés celà ? Auffi-toft qu'ils ont pris ce Breuvage ils entrent en *la Vie*.

Perfonne ne fe peut-il difpenfer de le prendre ?

Perfonne. Quelques-uns feulement en boivent plus, les Autres moins. Ne voyez-vous pas encore au dedans de la Porte, adjoufta ce Vieillard, des

Fem-

Femmes, qui ont la mine d'eftre furieufement engagées dans la débauche. Si vous y prenez garde elles font toutes differentes les unes des autres. Ce font *les Opinions*, *les Convoitifes*, *& les Voluptez.* Or quand ces Perfonnes, dont je vous ay parlé, viennent à entrer dans *la Vie*, elles treffaillent de joye, elles les embraffent eftroitement, & font tant, qu'enfin elles les attirent. Où les conduifent-elles ? Elles en conduifent Quelques-uns au Port de Salut, & les autres au Precipice. Ce qui leur arrive, à caufe qu'ils ont efté empoifonnez par *l'Impofture.*

Vous nous parlez-là d'un eftrange Breuvage, repris-je. Ce n'eft pas tout, adjoûta-t'il. Car encore qu'elles promettent à tous de les conduire à la Vie heureufe,& de donner les moyens d'y parvenir,plufieurs ne laiffent pas de s'égarer du bon chemin, & de courir temerairement de tous coftez, à caufe de *l'Erreur* & de *l'Ignorance* qu'ils ont pris en entrant en *la Vie.* Dites-moy, je vous prie, qui eft cette Femme qui eft élevée fur une boule, il femble qu'elle foit aveugle, & furieufe ? Vous ne vous trompez pas, repartit-il. On la nomme *la Fortune*, elle n'eft pas feulement aveugle ; mais elle eft fourde & enragée. Elle court de tous coftez, ofte à l'un, donne à l'autre, & à peine a-t'elle donné quelque chofe à Celuy-cy, qu'elle la fait paffer auffi-toft en d'autres mains. Tout ce qu'elle fait eft accompagné de temerité & d'inconftance. Auffi fon Humeur nous eft parfaitement bien dépeinte par le gefte qu'elle tient. Car fi elle eft fur une Boule, c'eft pour montrer qu'il n'y a aucune affurance dans les prefens qu'elle nous fait, & qu'il faut tres-peu de chofe pour perdre Celuy qui fe fie en elle. Ceux que vous voyez à fes coftez, qui tâchent d'attraper ce qu'elle jette, font appellez *les Inconfiderez.* Pourquoy, luy dis-je, font ils fi differens les uns des autres. Ceux-cy paroiffent tout tranfportez de joye, & Ceux-là font dans un defefpoir horrible ?

Ceux, me dit-il, que vous voyez fi joyeux, font les Perfonnes qui ont receu quelque faveur de *la Fortune*, auffi l'honnorent-ils du nom de *Bonne Fortune.* Ceux, au contraire, qui font fi triftes, & qui eftendent les bras, font les Perfonnes, à qui elle a ofté ce qu'elle leur avoit donné, auffi l'appellentils, *Mauvaife Fortune.*

Quels prefens,luy repartis-je,peut-elle leur faire pour les mettre dans une fi grande joye, & que peut-elle leur ofter pour les jetter dans une fi grande confternation ? C'eft ce que d'ordinaire nous nous imaginons eftre les veritables Biens, comme *les Richeffes*, *la Gloire, la Nobleffe, les Enfans, les Empires , les Royaumes*, & toutes les autres chofes de cette forte. Mais nous en parlerons en un autre endroit. Pourfuivons maintenant l'explication de noftre Tableau.

Remarquez-vous bien que lors qu'on a paffé cette Porte, on decouvre au deffus une autre Enceinte, hors de laquelle il y a des Femmes qui font coëffées comme des débauchées ?

Je les remarque fort bien, répondis-je.

On les nomme, reprit-il, *l'Incontinence*, *le Luxe , l'Avidité & la Flatterie.* Elles font là pour épier Ceux qui reçoivent quelque faveur de *la Fortune*, & quand elles en peuvent rencontrer quelqu'un, elles font ravies. Elles l'embraffent

braffent & le careffent, elles luy promettent une Vie douce & exempte de
toute forte de trouble & de traverfe. Enfin, fi elles le peuvent perfuader, &
s'il s'abandonne une fois aux plaifirs, cette Vie, à la verité, le charme pour
un temps ; mais à peine en a-t'il goufté les douceurs, qu'il n'y trouve plus que
de l'amertume, & quand il commence à revenir à Soy, il reconnoit trop
tard qu'il n'a joüy d'aucun plaifir veritable, qu'il s'eft perdu, & qu'on s'eft
mocqué de luy. Car lors qu'il a depenfé tout ce que *la Fortune* luy avoit donné, il devient Efclave de ces Courtifanes, & eft contraint d'entreprendre
toutes fortes de méchancetez, mefme celles qui luy font les plus dommagea-
bles, & qui le conduifent dans le precipice. Comme de derober, de piller
les Temples, de fe parjurer, de trahir fes meilleurs Amis, en un mot, de
commettre toutes fortes de crimes & d'injuftices. Enfin, quand il eft au bout
de fes méchancetez, on le livre à *la Peine*. Qui eft cette Femme-là dont vous
parlez ? Appercevez-vous bien là derriere, une petite Porte & un Cachot
eftroit & fort obfcur, où l'on entrevoit des Femmes fales & craffeufes, &
qui ne font couvertes que de pieces & de haillons ? Oüy, répondis-je, je les
vois tres-bien. Celle qui tient un foüet à la main, adjoufta ce Vieillard, eft
appellée *la Peine*. Celle qui a la tefte appuyée fur fes genoux, c'eft *la Trifteffe*.
Et l'Autre qui s'arrache les cheveux, fe nomme *la Mifere*. Pour cét Homme
fi laid & fi épouvantable ; qui eft auprés de ces Femmes, & qui eft maigre
& tout nud, il s'appelle *le Duëil*. Cette autre Femme qui eft derriere luy, eft
Le Def- fa Sœur nommée *la * Rage*. C'eft à ces Monftres horribles, à qui premiere-
efpoir. ment ce Miferable eft livré, pour mener avec eux une Vie dans les fupplices
& les tourmens. Un peu aprés il eft traifné dans une autre Maifon, qui n'eft
pas moins terrible que la premiere. C'eft celle de *l'Infortune*. C'eft là qu'il
paffe le refte de fes jours dans de perpetuelles calamitez. Que devient-il, enfin, luy dis-je ? S'il arrive par hazard qu'il ait recours à *la Penitence*, elle le retire de tous ces Malheurs, elle luy fait changer d'opinion & de volonté, &
luy redonne le defir d'aller à la *Veritable Doctrine*. Quoyque *l'Opinion* le con-
duife encore quelquefois aprés tout cela à la *Fauffe Doctrine*. De forte que s'il
fuit *l'Opinion* qui conduit à *la Veritable Doctrine*, elle le purge de fes premieres
erreurs, & il devient heureux tout le refte de fes jours. Mais fi, au contraire,
il eft encore trompé par *la Fauffe Doctrine*, il retombe dans fes premiers fentimens, & retourne dans le mefme eftat qu'il eftoit auparavant. O Dieux !
m'écriai-je, quel fâcheux retour. Mais quelle eft cette *Fauffe Doctrine* dont
vous nous parlez ?

Appercevez vous cette autre Enceinte ?

Oüy, luy dis-je. Au dehors il y a vers la Porte une Femme debout bien
parée, qui a neantmoins la façon affez modefte. C'eft elle que la plufpart des
Hommes, & particulierement Ceux qui font les Efprits forts, appellent *Do-*
Ctrine ; quoy qu'elle ne le fut jamais, & que ce nom luy foit fauffement attri-
bué. Ceux pourtant qui defirent eftre heureux, & parvenir à *la Veritable Do-*
Ctrine, tournent premierement leurs pas vers elle. Ce n'eft pas qu'il n'y ait un
autre chemin, mais celuy-cy eft le plus ordinaire. Pour les Hommes que
vous

vous voyez, qui se promenent dans cette Enceinte, ce sont les Sectateurs de cette *Fausse Doctrine*, qui sont trompez & abusez, & qui s'imaginent estre avec la *Veritable Doctrine*. On les appelle *Poëtes, Orateurs, Dialecticiens, Musiciens, Arithmeticiens, Geometres, Astrologues, Voluptueux, Peripateticiens, Critiques*, & tous les autres de cette sorte.

Qui sont ces Femmes qui courent d'un costé & d'autre, avec qui vous disiez tantost, que *l'Incontinence* estoit? Hé quoy, elles viennent donc dans cette seconde Enceinte? Vous ne vous trompez pas, reprit-il. Ce sont elles mesmes. Elles viennent quelquefois jusques icy. Mais elles n'y viennent pas si souvent que dans la premiere Enceinte. *Les Opinions* mesme y arrivent. Car Ceux, que vous y voyez, ont encore en eux-mesmes des restes du Breuvage que *l'Imposture* leur a fait prendre. *L'Ignorance* leur demeure avec la Folie, & jamais ils ne quitteront ces sottes Opinions, & ne se deferont de toutes les autres inclinations vicieuses, jusqu'à ce qu'ayant quitté cette *Fausse Doctrine*, ils entrent dans le chemin de la *Veritable Science*, pour prendre un contre-poison qui leur fasse rejetter toutes leurs mauvaises opinions, & qui dissipe *l'Ignorance*, & les autres Vices dont ils sont infectez. Car tant qu'ils seront dans la fausse opinion, ils ne pourront jamais se mettre en liberté, ny repousser le moindre mal par le moyen de ces sortes de Sciences. Dites-moy de grace, où est le Chemin qui conduit à *la Veritable Doctrine*? Appercevez-vous, dit-il, sur le haut de cette Colline un certain Lieu qui est desert & inhabité? Fort bien, répondis-je. Vous voyez bien aussi, poursuivit-il, une petite Porte, devant laquelle il y a un Chemin où l'on rencontre tres-peu de Personnes, à cause qu'il paroist inaccessible; tant il est pierreux, & difficile à monter? Je voy tout cela. Certes vous avez bien raison dire que ce Chemin est difficile. Si vous y prenez bien garde, il y a un peu au de-là une Colline extremement haute, dont le Chemin est fort estroit, & tout entouré de precipices: Cela est vray, Sçachez pourtant, que c'est là le Chemin qui conduit à *la Veritable Doctrine*, qui est, comme vous pouvez reconnoistre, tres difficile à decouvrir. Mais considerez-vous bien encore qu'il y a sur cette Colline une grande & haute Roche qui est escarpée tout autour, sur laquelle sont montées deux Femmes fortes & robustes, qui tendent les mains à tout le Monde? Je les vois bien. Comment les nomme-t'on? L'une s'appelle *la Continence*, & l'autre se nomme *la Patience*. Elles sont Sœurs. La raison pourquoy elles tendent les mains si volontiers aux Personnes qui se presentent; c'est pour exhorter Ceux qui sont en chemin de prendre courage, & de ne point se rebuter de leur Voyage par lâcheté; & c'est aussi pour les avertir qu'ils n'ont plus guere de temps à souffrir, pour arriver au beau Chemin.

Dites moy, je vous supplie, quand avec bien de la peine ils seront parvenus jusqu'à cette Roche, comment pourront-ils monter plus haut; car il n'y a point de sentier, ny de trace par où l'on puisse aller? Ces deux Femmes, reprit-il descendent du sommet du Rocher vers eux, & les tirent en haut, où elles les font reposer & reprendre haleine. Apres elles leur donnent du courage & de nouvelles forces, & leur promettent de les conduire à *la Veritable Doctrine*. En-

fin , elles leur montrent combien le Chemin en est agreable , facile & exempt
de toute mauvaise rencontre. Mais adjousta-t'il , appercevez-vous bien devant ce petit Bocage , un Lieu qui n'est pas moins divertissant , tant pour la
grande clarté dont il est remply , que pour ce qu'il ressemble à une belle prai-
rie. Vous voyez bien aussi dans le milieu, comme une autre Enceinte & une autre Porte ? Cela est vray , luy répondis-je. Ce Lieu est appellé *le Siege* & *la Demeure* des *Bien-heureux*. C'est là où *les Vertus* & *la Felicité* ont estably leur Trône.

Que ce Lieu-là est agreable ! m'écriay-je.

Ne remarquez-vous pas aussi , dit-il , qu'il y a vers la Porte une Femme vétuë fort modestement , qui a la mine grave , & qui ne laisse pas d'estre
parfaitement belle ; quoy qu'elle ait déjà de l'âge ? Elle n'est pas sur une Boule
comme est *la Fortune* , elle est assise , au contraire , sur une pierre quarrée qui
est ferme & immobile. A ses costez sont deux Femmes , & il y apparence ,
que ce sont ses Filles. Ce que vous dites est vray. Celle qui est au milieu ,
repartit-il ; est *la Veritable Doctrine* , & les deux autres sont nommées *la Verité*,
& *la Persuasion*. Elle est sur une pierre quarrée , pour montrer aux Voyageurs,
que le Chemin qui conduit vers elle , est ferme & assuré , & pour faire connoistre à Ceux qui reçoivent des presens de ses mains , que ses dons sont aussi
certains , que ceux de *la Fortune* sont inconstans , & qu'ils ne seront jamais
troublez dans la joüissance & dans la possession de leurs Biens. Que leur peut
elle donner ? L'assurance & le repos dans leurs possessions , repliqua-t'il. Mais
quelle est l'excellence de ces presens ? Ils ont la vertu d'apprendre certainement aux Hommes , qu'il ne leur arrivera jamais le moindre déplaisir dans la
Vie. Justes Dieux ? Que ces dons sont charmans ? Mais pourquoy , luy dis-
je , cette *Veritable Doctrine* est-elle hors de l'Enceinte ? C'est pour guerir Ceux
qui arrivent , & pour leur faire prendre une Medecine , afin qu'estant pur-
gez elle puisse les conduire chez *les Vertus*. Comment cela se peut-il faire ,
repris-je , je ne conçois pas bien ce que vous dites. Vous le concevrez dans
peu de temps , repartit-il. Il est icy de mesme , que d'un Homme attaqué
d'une grande Maladie qu'on mene chez un Medecin. D'abord le Medecin
se sert de purgatifs , pour luy faire jetter toutes les mauvaises humeurs qu'il a
dans le Corps : En suite il luy rétablit peu à peu les forces , & le rend enfin
en sa premiere santé. Mais si le Malade ne luy veut obeyr , ce n'est pas merveille s'il succombe à la violence de sa Maladie.

C'est assez , luy répondis-je , j'entends maintenant ce que vous voulez
dire. De mesme poursuivit-il , si quelqu'un se met entre les mains de *la Veritable Doctrine* , elle le traitte , & luy fait prendre un Breuvage , par lequel elle luy communique sa Vertu , afin qu'estant purgé , & ayant rejetté tout ce
qu'il avoit apporté de mauvais , comme *l'Ignorance* & *l'Erreur* qu'il avoit prises chez *l'Imposture* , & tous les autres Vices dont il s'estoit remply dans la pre-
micre Enceinte , comme l'Arrogance , l'Avarice , la Colere , la Convoiti-
se , & l'Incontinence ; elle le puisse renvoyer vers *la Science* , & les autres
Vertus. Qui sont ces Femmes , luy dis-je ?

Quoy ne voyez-vous pas au dedans de cette Porte, repliqua-t'il, une Compagnie

pagnie de belle Dames veftuës fort fimplement, qui ont tout l'agrément &
toute la modeſtie qu'on peut fouhaiter? Je les vois bien, répondis-je ; mais dites moy leurs noms s'il vous plaiſt? La premiere ſe nomme *la Science*, ſes autres Sœurs ſont *la Force*, *la Juſtice*, *l'Integrité*, *la Temperance*, *la Modeſtie*, *la
Liberalité*, *la Continence* & *la* * *Douceur*. O les belles Dames ! m'écriay-je. * Man-
Quelles eſperances maintenant ne devons-nous point concevoir? Vous de- ſuetude.
vez tout eſperer, adjouta-t'il, ſi concevant parfaitement ce que je vous dis,
vous le confirmez par les effets.

C'eſt à quoy nous nous étudierons avec grand ſoin, repliquay-je. Et
c'eſt pourquoy auſſi, reprit-il, vous ſerez aſſurement heureux.

Mais quand elles ont pris cét Homme en leur protection, qu'en arrive-t'il,
où le menent-elles? Elles le menent à leur Mere, qui ſe nomme *la Felicité*.
Appercevez-vous bien le Chemin qui conduit à cette Montagne, qui eſt
comme une Citadelle au milieu des autres Enceintes? Remarquez-vous auſſi
qu'à l'entrée il y a une fort belle Femme qui eſt aſſiſe ſur un Thrône, veſtuë
fort proprement & ſans affectation, & qui eſt couronnée de fleurs? Je la voy.
Sçachez donc que c'eſt *la Felicité*, repartit-il. Or quand quelqu'un parvient
juſqu'à ſa demeure, elle & ſoutes les autres *Vertus* le couronnent comme
ceux qui ont remporté de grandes Victoires. Quelles batailles a-t'il gagnées
pour celà, luy dis-je? De tres-grandes, reprit-il. Il a ſurmonté & a chaſſé
des Monſtres épouvantables, qui luy faiſoient mille maux, & qui le redui-
ſoient en Servitude. Mais ces belles Victoires l'ont rendu Maiſtre de Soy, &
ces meſmes Monſtres à qui il obeyſſoit, ſont devenus ſes Eſclaves. Quels
ſont ces Monſtres? Premierement *l'Erreur* & *l'Ignorance*. Hé quoy, vous
imaginez vous que ce ne ſoient pas là des Monſtres? Ouy, repris-je & tres-
horribles. Aprés, pourſuivit-il, c'eſt *la Douleur*, *la Triſteſſe*, *l'Avarice*, *l'Incontinence*, & tous les autres Vices de cette ſorte. Alors il a un pouvoir abſolu ſur eux, & ne leur obeyt plus comme il faiſoit auparavant. O les illuſtres
Actions! ô la memorable Victoire! Mais, je vous prie, dites moy quelle
vertu a cette Couronne dont on le pare? O mon cher Ami, reprit ce Vieillard, que cette Couronne a de puiſſance! Celuy qui en eſt une fois orné,
devient parfaitement heureux, & ne fonde point ſes eſperances ſur le bon-
heur d'Autruy. Ce n'eſt que dans Soy qu'il les renferme. O la belle maniere de
vaincre! m'écriay-je. Mais quand il eſt Couronné, que fait-il, où va-t'il?

Les Vertus le ramenent au lieu d'où il eſtoit parti, & luy font voir combien
Ceux qui y demeurent, ſont malheureux & miſerables, comme ils ſont naufrage dans *la Vie*, combien ils ſont éloignez du chemin de *la Felicité*, & comme
ils ſont menez captifs par leurs Ennemis, les uns par *l'Incontinence*, les autres
par *l'Avarice*, d'autres par *la Vanité*, & par tous les autres Vices, dans leſquels ils
demeurent tellement embaraſſez, qu'il leur eſt impoſſible de s'en retirer. De
ſorte qu'ils ſont tout le reſte de leurs jours dans de perpetuelles inquietudes, ne
pouvant trouver le Chemin qui conduit à *la Veritable Doctrine*; parce qu'ils ont
oublié les preceptes & les conſeils que *le Genie* leur avoit donnez au moment
qu'ils entrerent en *la Vie*. Ce que vous dites, me ſemble tres-vray ; mais j'ay

encore

encore une difficulté. Pourquoy *les Vertus* luy montrent-elles le Lieu d'où il est venu ? C'est parce qu'il n'avoit aucune connoissance au vray de ce qui s'y passe, & qu'à cause de *l'Erreur* & de *l'Ignorance* qu'il avoit prises chez *l'Imposture*, il se trompoit dans le discernement du Bien & du Mal. D'où vient qu'il menoit une Vie malheureuse, & semblable à Ceux qui y estoient demeurez. Mais ayant acquis la Science veritable des choses, il a ce bon-heur, & cét advantage de considerer à son aise les miseres des autres, sans la moindre apprehension.

Quand il a contemplé tout cela, que devient-il ? Il va par tout où il luy plait. Il n'y a point d'endroit où il ne soit autant en seureté, que s'il estoit dans la Caverne * Corycienne. Car en quelque lieu qu'il aille, il est assuré qu'il vivra tousjours en Homme de bien, que tout le Monde le recevra avec le mesme plaisir & la mesme satisfaction, que le Malade reçoit son Medecin. Hé quoy, il ne craint donc plus ces Femmes que vous appellez des Monstres ; puis qu'il est exempt de tous les maux qu'elles envoyent ?

* L'En-trée estoit si difficile de la Caverne Corycienne, qu'il sem-bloit qu'elle ne pût estre habitée que des Dieux. Voy Pom. Mela de sit. orb.

Plus du tout, reprit-il. Il ne sera plus tourmenté, ny de *la Douleur*, ny de *la Fascherie*, ny de *l'Incontinence*, ny de *l'Avarice*, ny de *la Pauvreté*, ny d'aucun autre Monstre ; parce qu'il a sur eux un pouvoir absolu, & qu'il commande mesme aux Maux, dont il estoit auparavant le plus persecuté. Et comme ceux qui ont esté mordus une fois de la Vipere, portent ordinairement sur eux un contrepoison pour se garantir du venin de tous les autres Serpens : De mesme rien ne le peut plus blesser ; parce qu'il en a tousjours sur luy le reme-de tout prest. Ce que vous dites est admirable ; mais apprenez-moy, je vous prie, qui sont ceux qui descendent de cette Colline, les uns sont Couronnez, & ont la joye répanduë sur le visage, les autres, au contraire, ont la teste & les cuisses toutes meurtries, & sont detenus prisonniers par ces Femmes ? Ceux qui sont Couronnez, sont ceux qui ont esté preservez par *la Veritable Doctrine*, c'est pour cela qu'ils paroissent joyeux. Quant aux autres qui n'ont point de Couronnes ; les uns ayant esté rebutez par *la Veritable Doctrine*, s'en retour-nent miserables & mal-heureux, & les autres ayant manqué de courage aprés estre montez jusqu'à *la Patience*, rebroussent chemin, & errent temerairement par des Lieux écartez. Les Femmes qui les suivent sont *l'Affliction, le Deses-poir, l'Ignominie* & *l'Ignorance*. S'il est ainsi que vous le dites, il n'y a point de maux dont ils ne soient persecutez.

Cela est vray aussi, reprit-il ; Mais bien davantage, quand ils sont re-tournez dans la premiere Enceinte vers *la Volupté* & *l'Incontinence*, ils ne s'accu-sent pas d'avoir mal fait, au contraire ils medisent de *la Veritable Doctrine*, ils regardent tous ceux qui la suivent, comme des mal-heureux & des miserables, qui ont abandonné le chemin qu'il faut suivre, & qui ont perdu les biens dont ils s'imaginent estre en possession. Quels peuvent estre ces biens ? Pour vous les dire, en un mot, c'est *la Débauche* & *l'Incontinence*. Car ils mettent le souve-rain bien à boire & à manger comme les Bestes.

Ditez-moy, s'il vous plaist, comment appellez-vous ces Femmes qui revien-nent si gayes & si enjoüées ? Ce sont *les Opinions*, qui ayant conduit à *la Veritable Doctrine* Ceux qui sont maintenant parmy *les Vertus*, s'en retournent pour y en

menèr

mener d'autres, & pour faire entendre que ceux qu'elles y ont conduit, font
parfaitement heureux.

Vont elles jufques chez *les Vertus*, luy dis-je?

Non, car il n'eft pas permis à *l'Opinion* d'aller jufqu'à *la Science*. Elles ne conduifent que jufqu'à la *Veritable Doctrine*, & dés lors qu'elles ont mis Quelqu'un
entre fes mains, elles retournent fur leurs pas en chercher d'autres : Semblables à ces Vaiffeaux qu'on remplit d'autres marchandifes, auffi-toft qu'ils font
déchargez. Il faut advoüer que vous faites bien comprendre ce que vous dites;
Mais vous ne m'avez pas encore expliqué ce que *le Genie* commande à ceux
qui entrent dans *la Vie* : C'eft d'avoir bon courage. Vous mefmes donc, nous
dit-il, prenez courage. Car je vous raconteray jufqu'aux moindres particu-
laritez, & ne vous laifferay rien paffer.

Certainement, luy dis-je nous vous avons bien de l'obligation.

Ayant donc encore porté la main vers un endroit du Tableau; voyez-vous
bien, dit-il, cette Femme qui eft aveugle, & qui eft fur une Boule, que tantoft nous avons appellé *la Fortune*? Nous la voyons tres-bien. *Le Genie*, reprit-il, recommande de n'adjoûter point de foy à ce qu'elle dit, & defend abfolument de confiderer ce qui vient d'elle, comme quelque chofe d'affuré & de
ftable, puis qu'enfin rien n'empeche qu'elle ne nous ôfte ce qu'elle nous donne, pour le faire paffer en d'autres mains; veu mefme que c'eft une chofe qu'elle
fait affez ordinairement. C'eft pour cette raifon auffi qu'il advertit de ne pas fe
laiffer vaincre par fes prefens, de ne point avoir de joye extraordinaire, lors qu'ils
nous arrivent, de n'en point avoir auffi de regret, lors qu'ils nous font ravis, de
ne les loüer, ny de les blâmer, & d'eftre dans cette penfée qu'elle ne fait rien
par raifon; mais tousjours par hazard & témerairement. C'eft pourquoy il nous
confeille de ne rien admirer de ce qu'elle fait, & de ne point imiter ces mauvais
Banquiers, qui ayant receu l'Argent d'Autruy, s'en réjoüiffent comme s'il leur
appartenoit, & qui fe fachent lors qu'on le leur demande, comme fi on leur
faifoit grand tort; ne fe fouvenant plus qu'il a efté mis entre leurs mains; afin
que le Creancier le pût toucher fans aucun empéchement. C'eft ainfi que *le
Genie* commande de regarder les faveurs de la Fortune, & de fe fouvenir toujours, que c'eft fa couftume d'ofter tout ce qu'elle donne, de rendre quelquefois plus qu'elle n'a jamais donné, & de ravir encore aprés tout celà, non feulement ce qu'elle vient de donner; mais tout ce qu'on poffedoit auparavant.
Voila pourquoy il confeille de prendre les Biens qu'elle donne, & d'avoir recours auffi toft à *la Veritable Doctrine*, qui en donnera une conftante & affurée
poffeffion; fi on les peut conferver jufqu'à ce qu'on foit parvenu jufqu'à elle. Car
cette *Doctrine* n'eft autre chofe que la Science veritable des chofes utiles, & leur
poffeffion conftante & affurée. C'eft pour celà qu'il advertit de recourir promp-
tement à elle. Que fi par hazard on fe rencontre avec *l'Incontinence*, ou avec *la Volupté*, il ordonne de fe retirer bien vifte de leur compagnie, & de n'ajoûter point
foy à leurs paroles, qu'on ne foit arrivé à *la Fauffe Doctrine*. Car il commande d'e-
ftre là quelque temps, & de prendre d'elle tout ce qu'elle voudra, comme en
paffant & fans s'arrefter; afin de fe retirer au plûtôt vers *la Veritable Doctrine*. Voilà

les Preceptes que donne *le Genie* ; si quelqu'un les viole, ou ne les comprend pas comme il faut, il devient méchant & perit miserablement.

C'est là, mes Amis, l'Enigme que vous voyez representé en ce Tableau. Si vous voulez maintenant m'interroger sur chaque chose en particulier, je vous y répondray tres-volontiers, & ne vous dissimuleray rien.

Vous dites fort bien, répondis-je, mais, s'il vous plaist, qu'est-ce que *le Genie* commande que l'on reçoive de *la Fausse Doctrine* ?

Les choses, reprit-il, qui semblent necessaires à la Vie, comme sont les Lettres & les autres Estudes, que Platon dit avoir certaines brides, pour empécher les Jeunes gens de se porter ailleurs. Ce n'est pas qu'elles soient absolument necessaires pour parvenir à *la Veritable Doctrine* ; car elles ne nous rendent pas meilleurs. Sans elles nous pouvons devenir tres-vertueux ; mais elles donnent beaucoup de facilité, & ne sont pas inutiles. Nous pouvons, certes, acquerir la connoissance de ce qui nous est inconnu, par le moyen d'un Truchement qui nous explique ce que nous n'entendons pas ; il est neantmoins meilleur de sçavoir la Langue, & de ne point avoir besoin d'Interprete. Ainsi, sans ces Sciences rien ne nous empesche de pouvoir acquerir la Vertu. Il est vray qu'elles servent à l'ornement, & qu'elles donnent de belles lumieres ; mais il ne s'ensuit pas, que Ceux qui en sont doüez, en soient de meilleure condition, ny plus gens de bien ; puisqu'ils se trompent comme les autres en la connoissance du Bien & du Mal, & qu'ils sont bien souvent soüillez de toutes sortes de Vices & de Meschancetez. Non, non, poursuivit-il, rien n'empesche que Celuy qui a la connoissance des Lettres, & qui possede toutes les Sciences, ne soit autant yvrogne, avaricieux, incontinent, injuste, traistre & insensé qu'un autre. Celà se void assez tous les jours par experience. Pourquoy donc, à cause de ces Sciences, auroient-ils de l'avantage pardessus les Autres, pour devenir plus hommes de bien. Je pense que nous avons déjà suffisamment montré, par ce que nous avons dit, qu'il n'y a point d'apparence. Peut-estre que ces Personnes s'imaginent estre de meilleure condition que les autres ; parce qu'ils sont dans la seconde Enceinte, & par consequent moins éloignez de *la Veritable Doctrine*. Mais dequoy leur sert d'en estre moins reculez que les autres, puisque nous voyons quelquefois des personnes qui estoient avec *l'Incontinence*, venir de la premiere Enceinte à la troisiéme, & monter mesme jusqu'à *la Veritable Doctrine* ; laissant derriere eux ces Sçavans. Comment se pourroit-il donc faire qu'ils eussent quelque prerogative ; puisque bien souvent avec toutes leurs Sciences, ils sont plus long-temps que les Autres à prendre le bon chemin, & qu'ils ont plus de difficulté à apprendre ce qu'il faut sçavoir pour y parvenir. Car Ceux qui sont dans la seconde Enceinte, quand il n'y auroit autre chose, font profession de sçavoir ce qu'ils ne sçavent pas ; & tant qu'ils sont dans ce sentiment, il est impossible qu'ils puissent jamais parvenir à *la Veritable Doctrine*. Je croy que vous voyez bien aussi, que *les Opinions* viennent de la premiere Enceinte vers eux. C'est pour celà qu'ils ne sont pas meilleurs que les autres, si *la Penitence* ne les accompagne, & s'ils ne sont persuadez qu'ils n'ont pas la *Veritable Science*, mais qu'ils sont trompez par la *Fausse Doctrine*. Car tandis qu'ils sont en cét estat, il

est

eſt impoſſible qu'ils puiſſent jamais devenir heureux. C'eſt pourquoy, mes Amis, pratiquez bien ces Preceptes, & faites y reflexion, juſqu'à ce que vous les ayez tournez en habitude. Meditez-y ſerieuſement, vous n'y ſçauriez trop ſouvent penſer. Tout le reſte n'eſt point conſiderable, & il ne faut le regarder que comme inutile & ſuperflu. Souvenez vous donc de faire ce que je vous dis; car autrement tout ce que vous venez d'entendre ne vous ſervira de rien.

Nous n'y manquerons pas luy dis-je; mais expliquez nous encore pourquoy vous ne mettez pas au nombre des Biens, ce que les Hommes reçoivent de *la Fortune*, comme *la Vie*, *la Santé*, *les Richeſſes*, *la Reputation*, *les Enfans*, *la Victoire*, & toutes les autres Choſes de cette ſorte? Dites-nous auſſi pourquoy vous ne mettez pas au nombre des Maux les choſes qui leur ſont contraires? Sans mentir, tout ce que vous avez dit là deſſus, nous ſemble un paradoxe. Donnez vous donc la peine, je vous prie, de nous dire ce qui vous en ſemble? Tres-volontiers, me répondit ce Vieillard. Penſez-vous, me dit-il, que la Vie ſoit un Bien en Celuy qui vit mal? Non, repris-je: au contraire, je tiens qu'elle eſt un Mal pour luy. Mais de la meſme façon, pourſuivis-je, que la Vie me ſemble eſtre un Mal en Ceux qui vivent mal; auſſi me ſemble-t'elle eſtre un bien en Ceux qui vivent bien.

Cela ne ſe peut faire, repartit-il. Car il eſt impoſſible qu'une meſme Choſe ſoit bonne & mauvaiſe tout enſemble; parce qu'elle ſeroit par ce moyen utile & nuiſible, deſirable & haïſſable en meſme temps, ce qui ſe contredit. Mais diſons davantage, avoüons qu'il y a grande difference entre vivre & vivre mal. La méchante Vie eſt toûjours un Mal, & la Vie abſolument parlant ne le peut eſtre. N'eſt-ce pas là voſtre ſentiment? C'eſt là ma penſée, repliquay-je.

Par conſequent, reprit-il, la Vie n'eſt jamais un Mal; parce que ſi elle eſtoit telle, il s'enſuivroit qu'il y auroit du Mal en Ceux qui vivroient bien, puiſqu'ils auroient la Vie qui ſeroit un Mal, ce qui ne ſe peut ſouſtenir. C'eſt pourquoy comme la Vie eſt commune aux Bons & aux Méchans, il faut conclure qu'elle n'eſt de ſoy ny bonne ny mauvaiſe. Elle eſt ſemblable aux brûlures & aux inciſions qui ſont ſalutaires aux Malades, & nuiſibles à Ceux qui ſe portent bien. Mais pour vous faire entendre encore mieux cette verité, conſiderez-en vous meſme, ſi vous ne prefereriez pas une belle & genereuſe Mort à une Vie méchante & infame? Je m'aſſure que vous ne heſiteriez pas là deſſus, & que vous embraſſeriez la Mort?

Cela eſt ſans difficulté, répondis-je. Par conſequent, repliqua-t'il, la Mort n'eſt pas un mal; puiſqu'il eſt quelquefois plus advantageux de mourir que de vivre. N'en eſt-il pas encore de meſme de la Maladie & de la Santé. Il ſe trouve de certains temps & de certaines occurrences, où la Santé nous eſt nuiſible. Et qu'ainſi ne ſoit, conſiderons un peu les Richeſſes de cette ſorte. Ne voyons nous pas tous les jours des Hommes tres-riches mener une Vie méchante & miſerable? Non, non, pourſuivit-il, les Richeſſes ne ſervent de rien pour vivre heureux, au contraire les plus Riches pour l'ordinaire, ſont les plus mal-heureux. Concluons donc, que ce ne ſont point les Richeſſes; mais qu'il n'y a
que

que *la Veritable Doctrine* qui puiſſe faire l'Homme de bien. Et de là il s'enſuit tres-bien, que les Richeſſes ne doivent point eſtre contées au nombre des Biens, parce qu'elles ne rendent point les Hommes plus gens de bien, ni plus heureux. Si bien que comme elles ſont nuiſibles à Ceux qui n'en ſçavent pas uſer; l'on ne peut pas les tenir pour des Biens; puiſqu'il eſt quelquefois avantageux de n'en point avoir. C'eſt pourquoy ſi quelqu'un s'en ſçait bien ſervir, il vivra heureux, ſinon il ſera miſerable.

Enfin pour vous le dire, en un mot, ce qui met particulierement le deſordre & la confuſion dans l'Eſprit des Hommes, c'eſt l'opinion qu'ils ont de ces ſortes de Choſes. Les Uns les fuyent comme la ſource de tous les Maux, & les Autres les recherchent comme les veritables Biens; s'imaginant que par elles ſeules, ils peuvent devenir heureux. Juſques là que pour les avoir, ils ne font aucune difficulté de commettre les plus grandes méchantez, & les actions les plus déteſtables. Ce qui leur arrive parce qu'ils ne connoiſſent pas la nature du vray bien. * Ils ne ſçavent pas que du mal, il n'en provient jamais aucun Bien. Ils ne conſiderent pas que la plûpart des Hommes ont acquis leurs Richeſſes & leurs poſſeſſions par le moyen de leurs crimes, comme par les Trahiſons, par les Vols, par les Homicides, par les Rapines, & par d'autres méchantez. S'il eſt donc vray que nul Bien ne procede du Mal, & que les Richeſſes neantmoins proviennent bien ſouvent des crimes; il s'enſuit infailliblement que les Richeſſes ne peuvent eſtre appellées Biens. En effet, le Bien & le Mal ſont des choſes incompatibles, & comme il eſt impoſſible d'acquerir la Sageſſe & la Juſtice par des mauvaiſes actions: il ne ſe peut faire auſſi jamais, que la Folie & l'Injuſtice puiſſent proceder d'aucune bonne cauſe. Puiſqu'il eſt donc vray que rien n'empeſche que les Richeſſes, la Gloire, la Victoire, & les autres Choſes de cette nature, ne nous arrivent par des moyens illegitimes; concluons que de ſoy elles ne ſont ni bonnes ni mauvaiſes, & qu'il n'y a que la Sageſſe, à proprement parler, qui ſoit un Bien; & que la Folie, qui ſoit un Mal.

* J'ay tiré cecy de la verſion Latine d'Odaxius.

EXPLICATION DU TABLEAU.

De Constantiny

2000#
500
3600
6100
1500#
7600#

4000
500
1600
2000
500
3600
1500
7600

www.ingramcontent.com/pod-product-compliance
Lightning Source LLC
Chambersburg PA
CBHW061443030726
47503CB00005B/1541